媽媽銀行

琦君 著

媽媽的銀行給我心理上一份安全感，覺得有媽媽作保，錢定不會丟，不會少。尤其是，原該三十個銅板換一枚銀角子的，我只要積到二十七八個，就要跟媽媽換銀角子了。好開心啊，錢存不存銀行都沒關係，何況銀行是個什麼樣，我根本不知道。媽媽的銀行——那個針線盒，才是實實在在的。

旅居心情（代序）

一位剛從臺灣探親回美的朋友對我說：「有一位文友問琦君為什麼不回來定居呢？」我聽了一時答不出話來。想想自己在民國七十二年為了外子的調差，不得不辭去最熱愛的教書工作，隨他來美，順便照顧在異鄉苦苦掙扎的兒子，當時的心情實在是非常矛盾與沈重的。

古人說：「人情同於懷土兮，豈窮達而異心？」臺灣是我安居了將近半個世紀的第二故鄉，我怎麼不想念，又怎麼不想回去呢？

難怪好友喻麗清有一次出席文學座談時，有位讀者問她為何定居美國，不回臺灣，問得她淚水盈眶，我此刻又未始不是淚水盈眶呢？

回想從民國三十八年，由大陸渡海到臺灣，那時是懷著不得已的沉重心情，到一個完全陌生的海島上，是否能順利地生活，是否能漸漸扎根，實在是毫無把握的。幸運的是在兩個多月以後，就找到一份安定的工作，承單位首長的厚愛與指導，與本省同事的竭誠照拂，加以自己對工作的勝任與喜愛，使我免於異鄉飄泊的無依之感。

遊子鄉愁，原是人情之常，但如果有不得已的原因，非離鄉背井不可，也只有抱著「處處無家處處家」的心理，努力培養一份生活的情趣，以免寶貴光陰虛擲。

我不由得想起恩師當年對我的勉勵：「任何生活皆可以過，惟須不失卻自我。」我乃靜下心來，重溫舊課，抄心經，背詩詞，以求把握自我。感謝前輩蘇雪林先生的鼓勵與指引，使我提起筆來開始寫作。寫的是親情、友情、鄉國情，與日常生活中的點點滴滴，承各位主編先生的青眼相看，作品被一篇篇刊出以後，獲得了無限溫暖的回響與更多的友情，豐富了我的生活，增強了我的信心。我因而領會到，藉著一枝筆，可以超越時空，化天涯為咫尺。可以提升心靈，化煩惱為智慧。我為什麼不以此排遣鄉愁，以此自我砥礪呢？

來美國以後，也一直未敢放下這枝禿筆，並將自認為尚能抒情達意的篇章，寄回臺灣，蒙刊出後可以代替給關懷我的朋友們當書信，讓她們知道我客居中的思與感，又免卻她們寫回信的麻煩，豈非一舉兩得的美事呢？

篇章累積到相當數量，就由從事出版事業的好友們輪流為我結集出版。其中有散文、有小說，也有兒童故事的翻譯——譯的是美國友人未出版的即興之作。方便的是沒有版權問題的困擾，他們既樂於源源供應，使自己的作品能有多一種文字的傳播，我也樂意將美國兒童的頑皮故事和父母與老師的教育方式，介紹給國內，這豈不又是一舉兩得的美事呢？（編註）

我的新書《媽媽銀行》，是九歌出版社為我出版的第八本散文集。也是我來美九年來總共出版的第十二本集子。我感謝每一位出版界朋友，如沒有他們的誠意催促，我不會持續不懈地一直寫下去。這一份珍貴的友情，就是我客居中的最大慰藉與鼓勵。

有時我也不免思忖，我既不能回到大陸的故鄉，重建家園，又不能於垂老之年，萬里搬遷回到第二故鄉的臺灣，就只得在此做一個「三度空間」的異鄉人。但我絕不會忘記恩師「任何生活皆可以過，但須不失卻自我」的誨諭，肯定自我，從讀書與寫作中，體會在異國做一個中國人的甘苦與職責。我是絕不願渾渾噩噩浪費有限餘年的。（編按：琦君女士與夫婿李唐基先生已於二〇〇四年相偕回台灣定居）

我於每天清晨與深夜臨睡時，必對著雙親的照片虔誠默禱膜拜，二位老人家的神情笑貌就會浮現心頭，此心就感到無比的清明與平安。尤其是每當我埋頭寫作之時，就彷佛聽到母親慈祥的聲音在我耳邊響起：「不要性急，慢慢地寫。只要你寫的是真心話，我就喜歡。你寫好了唸給我聽，我聽懂的就是好的。」

母親啊，我寫的句句是真心話，每一篇章的字裡行間都有您老人家的笑影淚光、慈愛容顏。母親啊！是您的愛賜給我無盡的寫作靈泉。我雖已年逾七十，但我一提筆寫童年往事，就馬上變成七歲的幼兒，回到您的身邊。無論在天涯海角，有您的愛，就有靈感。因此我特地將《媽媽銀行》一文，作為新文集的書名。一則以寫作上的一點豐收告慰您在天之靈，二則也讓我不時低聲喊著媽媽，與您細訴從頭。

琦　君

寫於民國八十一年

編註：琦君所譯「九歌少兒書房」中《愛吃糖的菲利》、《小偵探菲利》、《菲利的幸運符咒》合稱「菲利三書」。

目錄

附錄

三十頭

民國二十年左右，我母親有一段日子住在杭州。她深居簡出、惟一可以談心的朋友，就是一位沈阿姨。

她們初識情景，我還記得。

那天是農曆正月初一，當時教育廳爲了極力推行陽曆，連大年初一都要上課。我沒好氣地從學校放學回來，看見客廳裡坐著一位女客，穿一身淡藍綢旗袍，半高跟皮鞋，皮膚細白，眉目清秀如畫。烏黑的秀髮，梳一個橫愛司髻，低低貼在後頸，一看就跟我心裡想畫而畫不出來的女老師一模一樣，馬上就喜歡她了。我站在門邊呆呆地看著她，她笑瞇瞇地問我：「你是大小姐吧，大太太、二太太在家嗎？」

我知道大太太指的是我母親，二太太指的是二娘。我看看她身邊擺在地上的一簍蘋果，就說：「我媽媽在廂房，二娘去上海玩兒了，你究竟要看誰呀？」

她立刻說：「我就是要看你媽媽。門房問我要看誰，我只好說看兩位太太，他叫我在這兒等，已經等好久了。」

「我帶你去看媽媽吧。她天天都在後廂房，不是唸經，就是做針線。」我立刻幫她提著那籃蘋果，帶她走過長廊，到後廂房看母親。母親正跪在蒲團上，眼觀鼻、鼻觀心地唸經。我們站著等候，我就輕聲問客人：「你姓什麼？」

「我姓沈，是令尊以前辦公廳裡沈秘書的妹妹。一直聽我哥哥說太太和氣又賢慧，很想和她認識，交個朋友，在家待著好悶啊！」

我覺得她說話很爽直，又對我母親誇讚，就越發對她有好感了。

母親已唸完經，我連忙上前說：「媽媽，這位沈乾娘要看你。」我很懂得禮貌，照杭州人規矩，孩子對母親的朋友，應當尊稱「乾娘」的。

她忽然雙頰紅紅的，很不好意思地說：「你不要稱我乾娘，喊我沈阿姨好了。」

我連忙說：「沈阿姨，眞對不起。」又再補上一句：「沈阿姨，您好美麗啊！」這樣說了，才覺得表達了心中的抱歉。因爲我仔細一想，她說自己姓沈，沈是她娘家的姓，怎麼能稱呼她沈乾娘呢？

母親帶她到自己房間裡對坐下來，爲了那一籃蘋果，母親客氣了好半天才收下了。由於母親平日很少與外界接觸，連和女傭們也不多說話，所以她的杭州話有點七歪八翹，很不流利。沈阿姨是杭州人，她們談天，我得在邊上當翻譯，心裡卻特別高興。我看沈阿姨打開手提包，總以爲是拿紅包壓歲錢給我，誰知她只是取出手帕擦擦臉。三番兩次都是如此，我不免有點失望。

她們斷斷續續地談著，母親還殷勤地從神仙鍋裡盛了一小盞蓮子紅棗湯款待她。這原是母親湊著二娘出門了，特地燉了想款待父親的，其實父親又何曾進母親房門一步呢？

沈阿姨走後，我還是念念不忘壓歲錢的事，就問母親：「媽媽，沈阿姨爲什麼不給我壓歲錢？今天是大年初一呀！」母親笑笑說：「她是還沒有出嫁的姑娘，不給孩子壓歲錢的。」我才明白當我喊她乾娘時，她那麼不好意思。

從那以後，母親和沈阿姨就成了好朋友，沈阿姨幾乎每隔三、四天就會來。來時常帶金絲蜜棗或朱古力糖給我吃。她倆人坐在後廂房，邊做手工邊談天。母親的杭州話不再結結巴巴，越說越流利了。我雖不必再當翻譯，但放學做完功課以後，總喜歡黏在她們身邊，聽她們輕聲細語，母親教沈阿姨繡花，沈阿姨教母親織毛線，談天以外還唱小調。母親用家鄉調唱「十二送郎」，從「正月」唱到「十二月」，沈阿姨用杭州話唱「十二手帕」，從一條唱到十二條。都是有板有眼、有情有義，我也學會了。覺得比背詩經、唐詩有趣多了。她們有時談天聲音很低，我聳起耳朵聽，母親偏叫我走開，我只好走開，就找門房老陳談天去。

在門房裡跟老陳談天，也是很開心的。因他消息很靈通。我告訴老陳，沈阿姨來時，就快快打開花廳的門讓她進來，不要通報二太太，忠厚的老陳連聲答應說：「我知道。這位沈小姐大方又和氣，跟太太最合得來了。」

「她還沒結婚呢，她要我喊她阿姨，不要喊乾娘。」我說。

「對呀，喊乾娘把她喊老了，她看上去很年輕。」老陳笑了一下又接著說：「以前辦公廳裡許多人背地裡都喊她三十頭，太不應該了。」

「什麼三十頭？」

「一個姑娘家到廿七、八歲還沒許配人家的，就有人喊她三十頭。三十頭就是嫁不出去的老小姐。」

「你不會這樣喊她吧，老陳。」我聽了好生氣。

「我才不這樣缺德呢。何況沈小姐人那麼好，又知書達禮。」

「現在時代不同了。女孩子一輩子不結婚的都有。這叫做抱獨身主義，你懂嗎？」

「我懂，我懂。」老陳大笑：「不過像沈小姐這樣體面的姑娘，抱獨身太可惜了。」

老陳笑嘻嘻地還想說什麼，卻又忍住了。只說道：「大小姐，你快進去吧，回頭被老爺、二太太看見了，又該怪你跟我們底下人聊天了。」

我嘴一噘說：「我才不管呢。爸爸就是那種封建的腦筋，才會討個二娘，冷落了我媽媽。」

「你別生氣啦，將來好好替你娘爭口氣，你娘不是盼你中個女狀元嗎？」

我一聽說女狀元，就笑逐顏開起來說：「告訴你，我在學校裡，每學期成績不是第一名，就是第二名，我已經是女狀元啦！」

「第一名是狀元，第二名是榜眼，第三名是探花。」老陳表示很有學問的樣子。

「無論怎樣，我總是前三名，這叫做名列前茅。你懂這句文言文嗎？」

「我懂喲。我老陳幼年失學，才落得當馬弁，如今老了當門房。但是我還是不服氣，抓緊時間讀書習字。最難得的是那時辦公廳裡的沈祕書和劉祕書都肯教我，借書給我看。《三國演義》、《東周列國誌》，我都看懂了，那都是文言文呀，有不明白的地方，劉祕書都會講給我聽的。」

「沈祕書和劉祕書都好好喲！爸爸常誇讚他們，要我喊他們叔叔。以前他們常輪流送公事來給爸爸批的，現在少來了。」

「是啊，政局變了，老爺退職以後，司令部辦公廳撤銷了。」老陳好像無限感慨的樣子，嘆了口氣。我連忙說：

「爸爸是自動退職的。他覺得軍閥各據地盤，自己人打自己人，把國家攪得元氣大傷，很不應該。」

「這個，劉祕書也對我講過。他說愛國要愛整個國家，不是只忠心對一個主子。大小姐，你說對嗎？」

「當然對。劉祕書是有學問、有新思想的人。他來的時候常常帶新文藝書給我看，教我吸收新知識，不要只當個閨閣千金。」

「對呀，你現在是新式的女學堂生，不是閨閣千金了喲！」老陳說得高興起來，就拍手呵呵笑。他又說：「你看，沈小姐也大大方方的，不也是個女學堂生嗎？」

「她應該是女老師，我學校裡有幾個老師跟她樣子很像。」

「她沒當女老師，大小姐。沈祕書說她有一段日子身子骨不好，師範沒畢業就在家裡幫兄嫂照顧孩子，倒把終身大事耽誤了。」

「她沒有男朋友嗎？」我好奇地問。

「沒有。本來劉祕書和她哥哥沈祕書是好朋友，跟沈小姐很談得來，不用說都認爲他們會配成雙的。沒想到劉祕書早就訂了親的，無緣無故哪能退婚呢？因此他只好聽爹娘話結婚了。辦公廳撤銷以後，他和沈祕書都在不同的中學教書，很少去沈宅，和沈小姐就很少見面了。姻緣眞是前生註定的。不然的話，沈小姐跟劉祕書配一對該多好？」

我才恍然沈阿姨與劉叔叔之間，本來就有一段情呢！無怪劉叔叔難得來時，雖看他談笑風生，卻總像有什麼心事。他最喜愛蘇曼殊的詩，常常哼著「還君一缽無情淚，恨不相逢未剃時」的兩句。嘆息人生長恨、江水長東。他曾給我唸他自己作的一首詩：「我本天涯流浪客，無須待酒遣愁懷。但能悟得禪經了，處處無家處處家。」他那份「人間到處存青山」的瀟脫，豈不明明是強顏爲歡呢？我原只是個不知愁的初三女生，卻被他們二人這一段無可奈何的悽苦戀情，感染得心煩意亂起來。而對於沈阿姨，除了因爲她是母親的知心朋友感到親切之外，更多了一份同情。

有一天，我聽見廚房裡的劉媽和張媽聊天，劉媽伸著三個手指頭說：「三十頭三天兩頭來看我們大太太，哪有那麼多話好談呀？」張媽說：「一定是想大太太給她做媒吧？」

我聽了好生氣，跑到房間裡對母親說：「媽媽，沈阿姨年紀也不小了，爲什麼還不結婚呢？廚房裡張媽她們都喊她三十頭。」

「不許亂講。」母親大聲喝道。

「不許我亂講，我也好生氣呀。」因爲母親一直沒有對我講沈阿姨和劉叔叔的事，我就故意地問：「媽媽，是不是沈阿姨有什麼傷心事？」

「也沒什麼，只是知心人難求哪！」她又看著我慢條斯理地說：「你已長大了，也讀了不少書。你知道女人家要守三從四德。沒有出嫁的姑娘，越發要守本分，就算心裡喜歡那個好兒郎，也不好說出口來的。」

「我知道沈阿姨心裡喜歡的『兒郎』就是劉叔叔。」我把「兒郎」兩個字說得特別響。

母親似笑非笑的點點頭，卻顯得神思悠悠然，彷彿她自己也回到了少女時代。她又輕喟了一聲說：「劉祕書的太太很賢慧，劉祕書又是一個很有良心的人。我很心疼沈阿姨，只是苦勸她不要癡情，誤了自己的終身。」

我呆呆地聽著，心裡奇怪母親的思想怎麼這樣新起來？對一個女孩子與有婦之夫的戀情也能同情。又想想母親對父親的一往情深，難道她對二娘的奪愛，也能諒解嗎？

一個星期天的下午，我和沈阿姨去湖濱公園散步，在行人稀少的一角草地坐下來。她手中織著毛線，眼睛凝視著西沉的紅日出神。那是楓葉初紅的早秋，湖水湖風，微帶涼意。不知怎的，我心中忽有一絲淒淒冷冷的感覺，是由於沈阿姨默默不語的落寞吧！

她織的是一件毛背心，快完工了，我知道她是織給劉叔叔的。就說：「織好後，作一首詩放在口袋裡給他。」

「我才不那麼酸溜溜呢。一件千千結的背心，還不夠心意嗎？」她抿嘴一笑。

「你們眞是相見不如不見呢！」

「其實我並不想見他，何必攪亂他的心情？他有一位賢淑的好妻子，又那麼好學不倦，他並不是個兒女情長的人。有一天，他會走得遠遠的，我也不知道還能不能跟他見面。把這件毛背心送他，只是盡我十幾年來一點心。」

「你不覺太苦了自己嗎？」

「你年紀太輕，不懂得緣起緣滅這四個字，是人間最痛苦也最甜蜜的。」

「我懂。」我想起了劉叔叔那句「但能悟得禪經了」的詩。

「我知道許多人背地裡喊我三十頭。三十、四十不出嫁，終身不嫁又有什麼不好？我一個人無牽無掛，過得好好的，不像你媽媽嫁了你爸爸，又有幾天享受夫妻之情呢？」

「我媽媽是個痴心人，偏偏遇上個負心人。他們跟劉叔叔情形完全不同。我倒覺得雙方心心相印，即使不能相依相守，也是很美的。」

「你是小說看多了，把眞實人生也當小說看，這樣也好。」她把織好的毛背心用一塊大方巾包好，捧在手心，捧得緊緊的，彷彿想抓住一件扎扎實實的東西，臉上雖浮有一絲微笑，眼中卻顯得一片迷茫。

天漸漸暗下來了。我們找一條幽靜的小徑慢步走回家。到門口時，沈阿姨把包好的毛背心鄭重地遞給老陳說：「老陳，拜託你找個機會給他吧！」老陳心照不宣地收下了。

以後我就再沒有和沈阿姨提起劉叔叔。我覺得自己一下子長大了很多，儘量不去挑起沈阿姨的心事。

過不多久，老陳忽然告訴我，劉叔叔要去美國留學，很快就要動身了。這個意外的消息使我非常吃驚。連忙告訴母親，母親呆了半天，嘆了口氣說：「他要出國了，走得遠點也好。」

「沈阿姨知道嗎？」我問。

「她怎能不知道呢？」

老陳在晚間進來，遞給母親一個小紙包，說是劉秘書託他請母親轉交沈阿姨的。母親接過來，一聲不響地放在抽屜裡。第二天沈阿姨來了，母親又一聲不響地從抽屜取出小紙包交給她。她默默地打開，裡面是一張短箇和一方小錦盒。短箇上沒有稱呼、也沒有署名，只寫著：「謝謝你手織的毛背心。我帶著你的溫暖，過渡重洋而去，終生不忘你的情意。錦盒裡一方小閒章，是我自己刻的，你應該懂這四個字的意思吧。」

四個字是「秋水盈盈」，母親有點茫然，沈阿姨卻對我淡然一笑說：「你一定懂他的意思吧！」

我應該懂的，那是否劉叔叔借古詩「盈盈一水間，脈脈不得語」之句，以表達他對沈阿姨的無限悵恨之情呢？

沈阿姨好像是木然無動於中的樣子，依舊是一臉淡淡的淺笑。難道眞是情到深時情轉薄嗎？

母親又低聲說了句「走了也好」！

不知怎的，我竟爲母親說的這句話生起氣來。我在生誰的氣呢？劉叔叔嗎？沈阿姨嗎？還是我母親呢？我也茫然了。

事隔半個多世紀，現在想想，我那時何必生氣呢？原是沈阿姨立志要抱獨身主義，心甘情願做個「三十頭」啊。

——原載民國八十一年六月三日《中國時報・人間副刊》

外公

幼年過春節時，我最最盼望的是住在深山裡的外公，一定會在臘月二十三日送灶神前一天趕到，過了正月初十才回去。外公不坐轎子，是自己揹著一個大布袋走山路來的，他走到時連大氣都不喘一口。大布袋裡除了他親手種的甜山薯以外，就是在山上採的各種草藥，一綑綑像枯藤似的。他說百草治百病，說我母親忙得腳後跟痛，要吃草藥補一下，我越長越瘦，也要吃藥補一下。草藥熬成湯，加一種樹膠和紅糖結成凍，每天早晚喝一湯匙，百病消除。母親忙得老是忘記喝，我卻絕不會忘記，因爲草藥甜甜的眞好吃。母親說：「過年過節的，吃什麼藥呀？」外公說：「這是仙丹，不是藥。」於是外公放下大布袋，就找柴刀砍草藥。長工阿榮伯連忙幫他砍，他好喜歡外公，因爲他們下棋有伴了。

阿榮伯找了個大瓦罐，生起熒熒的炭火，幫外公熬草藥。旁邊擺一張小桌，他倆就對坐下來下乞丐棋。我一會兒靠在外公懷裡，一會兒靠在阿榮伯懷裡。瓦罐裡的藥香一陣陣透出來，母親蒸紅棗糖年糕的香味也一陣陣透出來，兩種香味和在一起，使我感到好溫暖、好快樂。我連連問母親可以吃幾塊糖年糕，母親說：「是祭祖先的，不許問。」外公笑嘻嘻地說：「先喝了仙丹草藥，再吃糖年糕，就不會隔食（不消化）了。」阿榮伯不愛吃蒸的年糕，總是啃冷年糕，邊啃邊下棋，但每盤都輸給外公。口袋裡的銅錢都跑到外公面前，不一會兒，外公的銅錢又都跑到我口袋裡了，——不是我偷的，是外公悄悄地放到我口袋裡的。他在我耳朵邊輕聲地說：「去買鞭炮來放，放一串，長一寸，連仙丹草藥都不用吃了。」

阿榮伯偏偏說外公的草藥不靈，沒想到他邊說肚子就邊痛起來，痛得棋子都滾落在泥地上找不到了。他只得彎腰屈背地向外公求救。外公馬上倒一大碗草藥給他灌下去，不到半個鐘頭就不痛了。他只好承認外公是神仙，草藥是仙丹。

家庭教師說：「兩位老人相對下棋，邊上擺一個瓦罐熬藥，眞像是一對神仙。神仙下一盤棋，凡界就是幾百年、幾千年哩。」外公摸摸鬍子說：「凡界與神仙有什麼兩樣？活得健旺、快樂，心腸好，就是神仙。活得八病九痛的，心裡愁這愁那，就是凡界了。」

母親聽了皺起眉頭說：「我心腸滿好的，卻是東痛西痛，做不了神仙，是什麼道理？」外公說：「因為你太會愁了。愁北京我的女婿沒信來，愁我老了走不動山路，愁女兒吃不下飯長不大。這樣的多愁，怎麼做得神仙？」阿榮伯接口說：「她還愁豬圈裡的豬娘生豬仔趕不上好時辰呢。」聽得外公呵呵大笑。母親笑罵阿榮伯：「你不要笑我，你做酒不是也要揀好日子嗎？你那回扭了腰，不是要我唸觀世音菩薩保佑你快快好嗎？」阿榮伯連連點頭說：「對、對。」

外公還有滿肚子的笑話要講給我聽。他坐在熒熒的火盆邊，吃著香噴噴的烤山薯，就開始講故事。全家大小都圍著他，連長工們都沒心思賭錢，放下骰子和骨牌，一起來聽外公講故事和笑話。

有的笑話，我都聽過好多遍了，但我仍咯咯的笑得前仰後合，絕不說：「這個我聽過了。」因為外公對我說過：「別人講故事，不管你有沒有聽過，你都要好好的聽，因為還有還沒聽過的人呢！你若說自己聽過了，說的人就沒意思講下去了。你的老師不是對你講過嗎？好的書要讀了又讀，背了又背，才會明白裡面的道理，聽故事和笑話也是一樣啊！」

外公用他的山鄉調子講，聽來特別有味道，我也會學著他的調子講一遍，聽得外公笑呵呵。

那時外公七十多歲，我才七歲。如今我也七十多歲了，而我那時偎倚在外公身邊，圍爐聽故事的情景，好像就在眼前。

外公講的故事和笑話，我統統都還記得，我有時講給朋友聽，有時講給老伴聽。他常說：「聽過了，聽過了。」我說：「聽過了也要聽，外公說的，聽一遍有一遍的道理。」他說：「有的故事，眞的好好聽，你爲什麼不講給鄰居的小朋友們聽呢？」

我想對呀！於是我就把鄰居幾位要好的小朋友們請來。小洋人們坐在地毯上，團團的圍著我，我就捲起舌頭，用淺近的英語連說帶比的把最最有趣的幾個故事講給他們聽，逗得他們笑得好開心。

想起自己小時候，聽外公講故事，我咯咯咯笑得咧開缺了大門牙的嘴，那副快樂情景，就在眼前。如今，卻變成我這個老奶奶，在給小朋友們講故事了。心裡一陣溫馨，覺得自己一點也沒老呢！

——民國八十一年元月十五日寫於紐澤西

媽媽銀行

小時候，常聽大人們說「錢莊、錢莊」，心想錢莊就是專門裝錢的一間屋子，一定是角子洋錢擠得滿滿的，像我家專門裝穀子的穀倉一樣。

有一回，一位住在城裡的叔叔來鄉下玩，我聽他對母親說：「大嫂，你有錢該存銀行，不要存錢莊。」母親笑笑沒有作聲。我問她：「媽媽，錢莊和銀行有什麼兩樣？」母親很快地說：「錢少的叫錢莊，錢多的叫銀行。」我又問：「媽媽的錢爲什麼不存銀行呢？」她敲了下我的腦袋瓜說：「我的錢都存在你的肚子裡了。你不是要吃中段黃魚和奶油餅乾嗎？那都要錢買的呀。」我想想也對，就很感激地說：「那麼我以後的壓歲錢都給媽媽買黃魚和奶油餅乾，媽媽的錢就好存銀行了。」母親點點頭說：「走開走開，我忙著呢！你的壓歲錢都給你買輕氣球和鞭炮花光了，再等過年還早得很呢。」

於是我就把抽屜裡、枕頭底下所有的錢統統捧出來。有的是中間有個四方孔的銅錢，那是廚房裡的五叔婆給的。舊兮兮的一點亮光沒有，不值錢的，只能包在破布裡當毽子踢。幸得有不少枚銀角子。銀角子有兩種，小而薄的是小洋角子，要十二枚才換一塊銀洋錢。大的是大洋角子，十枚就可以換一塊洋錢了。我數來數去，越數越糊塗，就一把抓給母親說：「媽媽，存在你那裡。」母親高興地說：「好，我是你的銀行。」我一聽到銀行就高興，彷彿錢放在銀行裡就會像白米飯似的，脹成滿滿一鍋。

母親把我的錢放在針線盒的第二格，對我說：「不許動，這就是媽媽的銀行，要等湊滿兩塊銀洋錢，就給你去存錢莊。」我馬上說：「我不要存錢莊，我要存銀行。」母親說：「錢莊就在鎮上，我們可以自己走去，銀行在城裡，我一兩年也難得去一回呀。」我想起那個城裡的叔叔，就說：「那我們就請叔叔代存好嗎？」母親想了一下，好像眞有什麼新主意似的，就去問五叔婆：「你有錢沒有？我們一起託阿叔存城裡的銀行好不好？」五叔婆癟癟嘴說：「我才不相信他呢！他一年到頭香菸不離嘴，說不定會把我們的錢拿去買香菸抽。我不存，我寧可放在自己貼肉口袋裡，最放心。」說著，她雙手拍拍鼓起的粗腰，我知道她一年四季纏著的腰帶裡都是錢。

錢給了母親，我得守信用不動用它。只能常常捧出針線盒，打開來摸摸數數，聽聽叮叮噹噹的聲音。

有一次，鄉長來捐款賑水災，母親從身邊摸出五個銀角子給他。我連忙問：「這是你的還是我的？」母親說：「當然是我的。對了，你也該捐一點呀！」我起先有點捨不得，但想想賑災是善事，「人要發揮廣大的同情心。」老師說的。我就跑到樓上，從針線盒裡拿出一個銀角子，在手心裡捏著，捏得熱烘烘的，才萬分不捨地遞給鄉長。他拍拍我的頭說：「好心有好報。」就收下了。我得意地回頭看看五叔婆，她橫了我一眼，才慢吞吞地從腰帶裡挖出一個銀角子。過了半天，再挖出一個，不言不語的遞給鄉長，鄉長還沒來得及說話呢，我馬上搶著說：「五叔婆，你好心有好報。」她再橫了我一眼。我第一次覺得五叔婆心腸也是滿好的。

媽媽的銀行給我心理上一份安全感，覺得有媽媽作保，錢一定不會丟，不會少。尤其是，原該三十個銅板換一枚銀角子的，我只要積到廿七八個，就要跟媽媽換銀角子了。好開心啊，錢存不存銀行都沒關係，何況銀行是個什麼樣，我根本不知道。媽媽的銀行——那個針線盒，才是實實在在的。

也不知什麼時候，母親眞把我的錢和她自己的錢都交給城裡的叔叔去存銀行了。我搖搖針線盒沒有叮叮噹噹的聲音了，總有點不放心，就對母親說：「我現在想想還是存在錢莊好，我們可以一同到鎭上，自己存進去。」母親說：「你放心，叔叔有存摺給我的，有多少都記在上面，少不了的。」我也就放心了。

又不知過了多久，有一天，母親把摺子拿給我的老師看，問他：「這裡面一共是多少錢？看我的心算跟總數合不合呢！」

老師看了下，奇怪地說：「大嫂，你弄錯了吧，這裡面的錢都已取光啦。」

「你說什麼？」母親知道老師是正正經經的人，不會跟她開玩笑的，她已經在發抖了。

「這是一本空摺子，錢都一次次提光了。你是託誰存託誰取的呀！」老師一臉的茫然。

「是託阿叔的呀！只有一回回的存進去，從沒取出來過，裡面還有小春的錢呢。」

「沒有了，老早沒有了。你捏著的是一本空摺子。」

我在一邊馬上大哭起來，跺著腳喊：「媽媽，我要我的錢，叔叔拐了我的錢，他好壞，他是賊。」

我越哭越傷心，母親臉都氣白了。半晌才大聲喝道：「不要哭，也不許罵人。自己好好讀書，多認幾個字，把算盤學好，就不會給別人欺侮了。」

她已淚流滿面，我只好忍住哭，拉著她的衣角說：「媽媽，你也不要哭了。我們再從頭來過。這回我們就把洋錢角子統統放在針線盒裡，不要存銀行，也不要存錢莊，把針線盒天天放在枕頭邊，就放心了。」

老師嘆口氣說：「存銀行存錢莊都一樣，就是要託個可靠的人。小春，你要快快長大，幫你媽媽的忙。」

我心想，我已會背九九表，媽媽會心算，但又有什麼用呢，錢已經沒有了呀！我常常把九九表背得七顛八倒，母親總帶笑地糾正我。從那以後我不敢背了，怕她想起被叔叔拐走的錢會心痛。我問她為什麼不向叔叔算帳，她說：「女人家辛辛苦苦積蓄點私房錢，有什麼好聲張的？我那點只是從買菜和糶穀子裡省下來的。我若是跟他算帳，他就會寫信告訴你爸爸，算了吧，反正我也不花錢。」

我卻是心中憤憤不平，山裡的外公來時，母親囑咐我不要講，我還是悄悄地一五一十告訴了外公。外公說：「錢不花，放在針線盒裡、枕頭底下，跟存在銀行裡一樣。小春，你以後還是把滾銅板、踢鍵子贏來的錢統統給你媽媽，她喜歡聽叮叮噹噹的聲音，你也有新鮮黃魚和奶油餅乾吃，多好啊！」

因此，我還是最最喜歡那個可以捧在手裡，搖起來叮噹響的針線盒，我就叫它「媽媽銀行」。

我長大以後，父親把我帶到杭州讀中學。母親有很長一段時間仍住在鄉間，我就把壓歲錢託人帶回給她，隨便她存錢莊還是仍放在「媽媽銀行」裡。我是希望她買點補品吃。暑假回鄉時，老師告訴我，「你媽媽每回收到你的銀洋錢，都要叮叮地敲一陣、湊在耳朵邊聽一陣，聽了再敲，敲了再聽，弄得五叔婆好羨慕，就怨她兒子不孝順，沒帶銀洋錢給她。」

我想起那個拐我們錢的城裡叔叔，問母親他後來怎樣了。母親嘆口氣說：「他苦得很，討了個城裡的女人，兩個人都抽上了大菸，連鄉下的房子都賣掉了。」

我也十分感慨，一個不忠實的人，再加上惡疾，終歸落得一生潦倒。

有一次他回到鄉間來，母親看他衣衫襤褸、鞋襪都前通後通了，忍不住就給他錢去買衣服。我想起當年母親辛苦積蓄被他拐走的心痛神情，仍不免泫然。但母親一點也不計較他對她的不誠實，反而在困難時再接濟他。

好心的母親啊！如果您是個百萬富豪，眞的開一家「媽媽銀行」，您將會救濟多少的貧寒之人呢？

——原載《聯合報・副刊》

小叔寫春聯

我家鄉的宅院非常大，從前門到後門，大約要走上十分鐘。因此，一到過新年，母親和老長工阿榮伯伯，帶著所有的長工和小幫工阿喜，就有忙不完的工作。院子裡的樹木，都要修剪整齊，打掃清潔以後，在主幹上圍上一圈紅紙。穀倉門要貼上好多紙剪的金元寶，棟樑上要貼一張紅紙，寫上「大吉」二字。前後大門原已是油漆好的門神，把蟒袍擦得晶亮後，在兩邊柱子貼上新的春聯。凡是要用梯子爬上爬下的，都由靈活的阿喜做，阿榮伯叫我幫著遞春聯。說我會認字，提醒阿喜別把春聯貼倒了。那可不比「福」字倒貼是好采頭。

春聯跟年畫不一樣，年畫有的是街上買現成的財神爺，有的是阿榮伯自己畫的，人不像人，佛不像佛。春聯卻要請有「學問」的人寫的。父親從北京回來以後，對於春聯就很講究了。不能老是家家相同的「天增歲月人增壽，春滿乾坤福滿門。」他認爲不夠雅致的不要，字寫得不漂亮的也不要。阿榮伯從街上買來的現成春聯，父親更瞧不上眼。這時，我那位滿腹經綸、又寫得一手好魏碑的小叔，就大大的吃香了。

小叔並沒有正正經經上學，但是出口成文，背的詩句很多。他因爲喜歡抽香菸，一枝在手，見了父親，喊一聲大哥，拔腳就跑。可是到了春節，父親要他把家裡各處廳堂和前後大門的對聯，統統寫了新的換上，他就可以大模大樣地抽香菸，不必躲躲藏藏了。母親本來就很疼小叔，爲了哄他快寫，就特地給他每天買兩包大英牌香菸，讓他自由自在地抽。還另外給他點心錢。那幾天，小叔就搖頭晃腦地邊哼邊寫。我呢？像個傻傻的書童，跟在他旁邊恭恭敬敬地幫他鋪對聯紙、磨墨。他教我磨時要加點肥皀，寫出字來厚敦敦，像雕出來的一般，有一份立體感。

小叔一聲令下：「紙鋪平，看我寫完幾個字就慢慢向上拉。」我戰戰兢兢地扶著紙，生怕拉得太快或太慢，害他寫壞了就得換一張紙重寫，母親可捨不得糟蹋紅紙哪。寫好一張，由阿榮伯和我拿著兩頭平放在地上。好多張一字兒排開，看上去就喜氣洋洋。小叔自己歪著頭左看右看，越看越得意。自言自語：「天下還有比這更好的字，更好的對聯嗎？」母親也走過來瞇著近視眼看半天說：「要你大哥說好才眞算好哩！」小叔說：「對聯都是古人現成的，字寫得好最難得呀！」我沒心思看那許多對聯，倒是喜歡其中的一副：「遙聞爆竹知更歲，偶見梅花覺已春。」對小叔說：「爸爸一定也喜歡這一副。」

父親從書房裡出來，背著手默默地看了一遍，還沒點頭呢，就指著一副生氣地問：「怎麼寫這麼一副？是過年呀！」我一看，那是「萬事不如杯在手，一生幾見月當頭。」我對小叔伸了伸舌頭，小叔卻說：「那是明朝福王的名句，很有胸襟氣派的，我只把原來的『年』字改成『生』字。」父親沒理他，拿起那副對子就撕掉了。母親走過來說：「過年過節的，慢慢對他講，不要生氣嘛。」

阿榮伯對小叔說：「從二十三夜送灶神，到正月初五這十多天，是你比神仙還自在快活的日子，你大哥就是生氣也不罵你。我勸你過了年就眞正收收心，進個學堂正式唸書吧！」小叔深深吸一口菸，慢慢兒從鼻孔噴出來，一面嚼著母親給他的花生炒米糖，用京戲裡道白的調子，有板有眼地說：「老伯伯言之有理，小姪兒哪敢不聽。從今後寒窗苦讀，一朝中了功名，定當登門拜謝老伯伯教誨之恩。」阿榮伯大笑道：「登什麼門，我是你家老長工，我的門就是你家的門呀！」

我看小叔講的雖是京戲詞兒，倒是一臉的誠懇，還以爲他當眞從此會聽父親的話，進學堂讀書呢。誰知他背過臉去就悄悄對我說：「你看學校裡的老師，有我的詩背得多，能像我寫一手魏碑嗎？」我說：「進學堂念書，跟你背詩寫字不一樣，學堂生畢了業，將來可以到外當差使，做官呀。」小叔大笑道：「你呀，小小年紀就滿腦子的做官，眞俗。」聽得我好生氣，眞不想借壓歲錢給他買香菸了。

可是沒有小叔出點子帶我玩，新年裡還眞沒意思呢。於是我只好投降，照樣從母親那兒拿酒給他喝，拿花生糖給他吃。他吃喝得高興，就在廚房裡講《三國演義》，帶做帶唱，一會兒諸葛亮，一會兒關公，逗得母親和阿榮伯都樂呵呵的。我更不用說，恨不得新年永遠過不完。

最奇怪的是我的口袋裡的壓歲錢，叮叮噹噹好多個銀元，被小叔換來換去就只剩下幾枚銀角子了。我悄悄告訴母親，母親說：「你這個傻丫頭，被小叔騙去賣掉，你幫他數錢都數不清呢！」我說：「小叔不會把我賣掉的，因爲我們是好朋友啊！」母親摸摸我的頭，又說了一聲「傻丫頭」。

——原載民國八十一年二月一日《中華日報・副刊》

小仙童

端午節又過了。想起幼年時在故鄉，有一年閏五月，幾個鄉的鄉長聯合舉辦擴大慶祝端午節，熱鬧非凡。我由老長工阿榮伯牽著到鄰村去看比龍船更好玩的台閣。那是一條大大的平頭船，船上是張燈結綵的亭台樓閣。高高的樓頂上豎著一根木柱，上面掛著一塊木板，木板上騎著一個小孩，紅襖綠褲，圓嘟嘟的臉上擦了厚厚的胭脂粉。鼻樑正中一點紅珠點，頭頂一根衝天小辮子。阿榮伯說那是小仙童，是窮苦人家的孩子扮的。五月的驕陽曬著他，他一定被曬得渾身火燙吧！我抬頭看不出他是不是滿臉汗水，也看不清他是男孩還是女孩。阿榮伯說當然是男孩，女孩哪有資格高高掛在上面呢？

船在微微的搖擺，小仙童也在空中蕩來蕩去。我們小孩子都在抬頭看他，他張開雙手向我們搖。我不知道他這樣被掛著，是快樂還是生氣呢？過一段時間，船主用長長的鐵叉，叉兩個帶皮的荸薺，伸上去給他，他雙手接過去，像寶貝似的塞在嘴裡啃，阿榮伯說那是給他解渴充飢的。我問：「那怎麼夠呢？」阿榮伯說：「吃多了要撒尿拉屎不行呀！」我問他：「媽媽為什麼讓他這樣掛在上面曬太陽呢？」阿榮伯說：「掛一天就有一塊銀洋錢哪。」我聽了不由得喉頭哽咽，好像那個高高掛著的、又渴又餓的孩子就是我自己。我緊緊捏著阿榮伯的手，帶哭聲地說：「我不要看了，我要回家。」阿榮伯嘆口氣說：「不看也好。你這回該知道世間窮苦的人有多少，以後吃香噴噴的白米飯，就不要再嫌沒有中段黃魚啦！」

我一路抹著眼淚回家，也不知自己為什麼這樣傷心。回到家裡，把那個高吊在空中的小男孩啃帶皮荸薺的情形講給母親聽。母親拉起衣角抹去我的眼淚，緊緊摟著我，輕聲地說：「你不要哭，我再也捨不得讓你去扮小仙童的。」我說：「媽媽，他媽媽為什麼那麼狠心呢？」母親說：「哪個媽媽不疼兒女，但是他家窮，爭一塊銀洋錢就好買一擔穀子了。你要記住，世間窮苦的人很多，總要多多想到他們啊！」

從那以後，每回吃香噴噴的白米飯時，就會想起阿榮伯和母親的話，想起小仙童啃荸薺的樣子。每回當母親把我打扮起來，上街或看親友時，我也會想起穿紅襖綠褲的小仙童，因爲媽媽也喜歡給我穿紅襖綠褲，覺得自己是多麼幸福。

長大以後，小仙童啃荸薺的迫切神情，一直浮現心頭，在上海求學時，寫信給母親，總稟告她我雖然身處十里洋場的大都市，卻時時記住母親的教誨，知道節儉自愛。我也牢記大學恩師教誨我的詩句：「但願此心春常在，須知世上苦人多。」

那個高掛在空中，烈陽下蕩來蕩去的小仙童，不就是一個苦人兒嗎？他那時與我正是一樣大小的孩子。我有慈愛的雙親呵護，長大成人，而他究竟如何呢？如仍健在的話，也已逾七十高齡了。但願他的一生，也是一帆風順。

半個多世紀過去了，天涯海角，他究在何處呢？

——原載民國八十一年六月二十一日《中華兒童》

蛇經（外二章）

讀一位文友的〈蝎子大餐〉一文，其中寫她舊日一位同學，在就寢時推開被子，發現一條大蛇盤在裡面，當場就被活活嚇死了。若以佛家說法，她這同學與蛇前生定有不解的冤孽吧。

想起半個多世紀前，我依母親住在故鄉，老屋年久失修，長工年老無力打掃，到處連白天都是暗洞洞的。每晚臨睡前，母親一手端著一盞只有兩根燈草芯的菜油燈，一手遮著風，從黑漆漆的長廊走向臥室。我緊緊拉著母親的衣服，聽她口中唸唸有詞。直到放下燈，掀開被子，才轉過一口氣。我問她唸什麼？她說：「唸蛇經呀！」我奇怪地說：「蛇也有經嗎？」她說：「有啊！唸蛇經，蛇就不來咬你了。」我越聽越怕，平時母親的什麼經我都要學，只有蛇經不要學。吹了燈，偎依在母親身邊睡下，就聽見牆角有嘶嘶的聲音，母親又起身點了燈，到房門一看，竟是一條大蛇。我嚇得直打哆嗦，母親卻不慌不忙在衣掛上取一把洋傘，將傘柄舉向蛇頭搖來晃去，嘴裡唸著：「出去吧，出去吧。」那蛇眞的就遊出房門，從走廊遊走了。

我緊緊抱著母親問：「媽媽，你不怕嗎？」她說：「我若是怕，你就給蛇咬傷了。」

可是母親明明渾身在發抖啊！我心裡忽然想哭。想我們母女好可憐，睡在遠遠另一間屋子的爸爸，他爲什麼不起來趕蛇呢？

抬頭見喜

該文中還提到如被蜈蚣咬了，只要捉一隻蜘蛛，放在創口，蜘蛛就一動不動地對準大疱不停地吮吸，直到肚子鼓得大大地，被咬的人就可安然無恙了。她說：「那隻蜘蛛卻不知下落如何了。」我看到此，感到很不忍，願作一點補充。

記得幼年時外公也曾教導我，如被蜈蚣咬了，捉個蜘蛛放在創口吸出毒液，你的創口好了、不痛了，蜘蛛卻會因中毒而死亡，所以你一定要把牠放在一個裝淺水的碟子裡，蜘蛛自會將毒液吐在水中，得免一死，外公說：「蜘蛛解救了你的痛楚，你怎麼可以不顧牠的死活呢？這看起來是件小事，卻是以德報德的做人道理啊！」

母親聽了總是連聲唸佛。還小心翼翼的把蜘蛛放在牆根，讓牠慢慢地爬回窩去。她每回看牆壁或天花板上有蜘蛛，都會笑咪咪地唸一聲「抬頭見喜」，因爲蜘蛛是表示喜慶的。

以今日高樓大廈的清潔衛生，抬頭不見蜘蛛，眞不知「喜從何來」啊。

殘忍的口福

近讀新加坡詩人周粲先生的小品文集《掌聲響起》，文筆如行雲流水，自然中帶幽默。其中有幾則故事，卻看得我怵目驚心。他寫自己有一天看吃猴腦的紀錄片。廚司將小猴綑綁在桌子下，頭從桌子中間的洞口伸出，小猴臨刑前驚惶哀鳴，食客卻手起鎚落，幾下就把猴子擊昏，廚司再用刀將毛皮割去，揭開頭骨，將紅紅白白的腦子一盤盤送到食客面前，他們吃得面不改色。我看周先生寫的就渾身戰慄，不知他看電視時於心何忍呢？

他又寫了段殺螃蟹的方法，是用一枝竹筷對準螃蟹一隻眼睛使力插入，等牠痛得不能掙扎時，再用另一支筷子插入第二隻眼睛，直到螃蟹的腳完全不動了才抽去筷子。他說如此殺法，螃蟹的腳就不會在蒸籠裡蒸得一隻隻掉下來，才可以完整地供祖先。我想祖先有知的話，也不忍心子孫用如此殘暴的方法準備祭禮吧。

周先生說他自己是信佛的，不忍殺生，但又愛吃螃蟹，所以把殺蟹任務交給太太。太太也用此法來殺，有一次卻被螃蟹咬了一大口，血流如注，後來就改用一枚鐵針對準肚臍用鎚子敲入，也一樣可以殺死。我於不寒而慄中，立刻寫信奉勸周先生，千萬不要為口腹之慾，虐待生靈了。即使非吃不可，也要採取儘量能減少動物痛苦的方法。想想看，今日文明社會，法律上處決殺人如麻的罪犯，都採用毫無痛苦的煤氣，無非是一點悲憫情懷，而對於無知的小動物，又何忍施以殘暴呢？

記得幼年時看廚子用刀砍螃蟹腹部時，牠都會掙扎著用腳來推廚刀，可憐螳臂當車，何濟於事？誰管他盤中美味，都是無辜小生命啊？

古人有兩句很感人的詩：「自織藕絲衫子薄，為憐辛苦赦春蠶。」意思是說為了赦免春蠶之死，希望能以藕絲代替蠶絲來織春衫。這是詩人的想像，無非是一點慈悲之念。周先生也是一位詩人，他一定會用他最富於文采的筆，在他的專欄中儘量寫啓發慈悲的文章，以增人間祥和之氣吧！

——原載民國八十一年五月十三日《中華日報・副刊》

口糧餅乾

在一家中國食品店裡看到一種餅乾，土土的包裝，硬硬厚厚的片子，紙上印著「滋養口糧」四個字。我如獲至寶似地買了兩包。付錢的時候，老伴瞇起眼睛看看價錢才五毛九，不屑地說：「買這種土裡土氣的便宜餅乾做什麼？有奶油椰子香味的多好吃！」我說：「你不懂。土餅乾才好。含奶油的不宜老年人吃，帶化學香料的更有礙健康。我就是愛這『口糧』二字，充滿了原始的鄉村味。」

他搖搖頭，認爲我是個不可救藥的「原始人」不懂得享受現代文明之福。他又說：「一口氣買兩包，看你怎麼吃得完？」我說：「你放心，吃不完可以搗碎了改做鬆餅。比任何甜得發膩的美國蛋糕好吃。這也是Reclycle呀！」好容易學到一個英文字，就適時地應用起來，自覺得意非凡。

一到家，就迫不及待地拆開餅乾紙包，抽一片嚐嚐，他好奇地問：「怎麼樣？

一定很難吃吧。」我得意地說：「才好吃呢，有一股淡淡的清香。」他又搖搖頭說：「你是好惡拂人之性。要嘛，就是你餓了，飢者易爲食也。」最近他潛心讀古書，好喜歡拋文。

我邊啃餅乾邊琅琅地唸起包裝紙上印的字：「登山、行軍、露營、防颱，急難必備。」「獨特風味，老少咸宜。」眞是越看越歡喜，越吃越滋味，在一旁的他卻是越聽越生氣。

平心而論，餅乾並沒什麼獨特風味，但是比起我所嚐過超級市場裡五花八門的餅乾來，眞是清淡可口多了。尤其是那「口糧」二字，土氣得可愛。因爲它使我想起童年時代，母親給我做的香脆麥餅。有趣的是，那時母親也叫麥餅爲「口糧」。她說：「口糧是急難時救命的寶貝。我特地做來供菩薩後給你吃。保佑你長命百歲，小孩子不要多吃油油的餡兒餅、甜甜的豆沙餅，把嘴吃刁了，福也享盡了，不好。要多吃清淡的，清淡有清淡的味道。」我還吃不出清淡有什麼味道，但母親正正經經說的這句話倒是記住了。

後來父親把我帶到杭州，進中學讀書。最疼我的馬弁胡雲皋，常常在口袋裡摸出幾個乾乾硬硬的餅給我說：「這是行軍吃的口糧，你帶到學校去，肚子餓了就啃，越啃越有味。」我好喜歡，分給同學們都很愛吃。有一個同學卻翹起鼻子說：「什麼味道嘛？哪像我姊夫從天津帶來的奶油餅乾好吃？」我生氣地說：「什麼稀奇？那種洋裡洋氣的餅乾，急難時救不了命的。」我們還爲此賭氣，好幾天彼此不理睬呢。

在上海唸大學時，女生宿舍附近有一家北方餃子店，不遠處又有個賣山東鍋餅的小攤位，我們幾個同學下課回來，飢腸轆轆時經過餃子店門口，鍋貼的香味實在引誘人。但除非是考試後爲了相互慰勞，才捨得進去合資飽餐一頓。平時總是在那小攤子上買一大塊山東鍋餅，配一包油炸花生米，回宿舍各人手捧一杯熱開水，坐下來慢慢地啃，也覺得別有滋味。

直到如今，我愈來愈懷念當年那種簡樸的學生生活，尤其懷念的是母親爲我做的「口糧麥餅」，才深深體會得她說的那句話：「要多吃清淡的，清淡有清淡的味道。」

因此那天看到口糧餅乾，就像他鄉遇故知似的親切。一下子就愛上了它包裝的樸實，口味的清淡。外出時帶幾片在手提袋裡，飢餓時有救急之功。心理上也有一份安全感。吃口糧餅乾有如與淡如水的君子相交，可以患難相依。

有一次我們外出時，他說：「怎麼肚子有點餓呢？有什麼吃的沒有？」我一聲不響，遞給他一片口糧餅乾。他邊吃邊讚美：「挺香的呢！」我笑笑說：「大概就是你所謂的飢者易爲食吧。」這一回，他卻由衷地說：「確實是清淡香脆，怪不得你喜歡。」

我又想起當年慈母說的話：「清淡有清淡的味道。」

這也許就是母親之所以能終一生都淡泊自甘吧！她老人家若能健在至今，嚐到這種口糧餅乾，一定會高興地說：「眞好吃，很像我做的口糧麥餅呢。」

舊睡袍的懷想

我有兩件寬寬大大、柔軟舒適的睡袍，穿了整整十二年了。相信嗎？十二年！一個呱呱墜地的嬰兒都長大到要進初中了，而我的兩件睡袍還在朝朝夕夕隨著我，給我溫暖，給我無限的親切之感。

只因爲那是故友沈櫻姊所贈的。

那年深秋，我去北卡看望沈櫻姊，天氣驟然變冷，她就把自己身上穿的淺黃色睡袍脫下來給我。

「快穿上吧！」她說：「像包在一條輕軟的鴨絨被裡，暖和極了。我不喜歡開暖氣，所以秋冬季節，在家裡總是穿睡袍的。」

「你把睡袍給我穿，那你自己呢？」我心裡感到不安。

「我還有好幾件寬大毛衣可穿。都是在附近舊貨店或車房拍賣時買的。對了，逛舊貨店好有意思。摸摸那些古老東西，使你心裡暖烘烘的。明天我帶你去逛，住小城鎮就是這點好，附近有一兩家舊貨店，又時常有車房拍賣。」

第二天，她就興匆匆地帶我逛舊貨店。我們一間一間慢慢地逛，試試衣服，摸摸各種小擺飾和舊書，有無限的懷舊情趣，也有無限的感觸。

沈櫻姊說：「每個家庭爲了清理陳貨，就把逝世老年人的遺物，或自己玩厭了的擺飾賣掉，我每回逛時都忍不住買好多回來。漸漸地，自己都可以開舊貨店了。」

我們都大笑起來，卻又有點悵然之感。

臨別時，她一定要我帶走睡袍，讓我早晚穿了看書寫稿。她如此的解衣衣我，怎不令我感動？

不到半個月，她給我寄來一個郵包，打開來又是一件睡袍，白底細紅花的，口袋裡附了一封短簡。她寫道：

「我又發現一件更新更漂亮的睡袍，馬上買了寄給你。你猜多少錢？才一塊錢哪。我覺得自己進了舊貨店，就變成百萬富翁，要什麼就可以買什麼。買了所有心愛的東西，花的錢就像拔一根毫毛，不像逛百貨公司，眼看昂貴的標價，就感到自己是個望塵莫及的窮光蛋。你說是不是呢？」

沈櫻姊就是這般的有情趣，一切的快樂與感觸，都要和朋友分享。她幾次寫信給我總是說：「老來悠閒歲月，得來不易，可別等閒錯過。多看看別人文章，自己也會想寫吧，我等著看呢！」

我每於夜深人靜時，披上她給我的輕暖睡袍，在屋裡俯仰低徊，她和藹的笑容，和輕聲的勉諭，就會使我的靈泉涓涓而至。

但當我寫完一篇懷念她的文章〈一回相見一回老〉，想呈獻給她時，她卻已平靜地離去人間了。

沈櫻姊生前有很多好友，當年在台北時，她一有興致，就約我們在她小屋中歡聚。款待我們以她的拿手菜「風雞」，然後再送我們每人一束自己做的「一捏花」。她邊笑邊告訴我們：「把雞用醬油薑酒泡一天，在風前掛上幾天，就是風雞。用手把剪成的縐紙花瓣一捏，就是一朵最現代的一捏花。」

她又說：「人造花不可太像花，太像了就不夠現代了。」她的思想眞是現代。如果她今天還在世的話，看到各種各樣叫人看不懂的文章，她是點頭讚美「夠現代」呢？還是認爲「超現代」了呢？

如今朋友們都分處各地，極少聯繫。我披上這件輕軟舒適的舊睡袍，往日在沈櫻姊家朋儔宴飲之樂，如在目前，不禁在心中低喚：

「沈櫻姊，你在何處呢？」

——原載民國八十年二月八日《世界日報・副刊》

小裁縫

我有一件舊襯衫，補得像戲台上乞丐穿的「富貴衣」，卻仍捨不得丟棄。每回整理抽屜時，總會捧在手中撫摸好半天，心中懷念的是裁製這件合身舒適襯衫的小裁縫。

在台北時，我住宅巷口有一間小小洋裁店。我有什麼衣服要修改縫補的，都拿到那兒去。小工作可以立等取件，麻煩點的至多半天一天可以完工，絕不失信。店裡只有老闆和一大一小兩位助手。大的沉默寡言，只是低頭做活。小的約莫十五、六歲，長得眉清目秀，一臉的笑瞇瞇，對人非常有禮貌，無論大小工作，都做得十二分認眞，總要你完全滿意才放心。大家都喜歡這位小裁縫。

每回從店裡回來，我對他總是滿心的感謝。感謝他的誠實和尊重顧客，也感謝老闆教導出這樣好的學徒。

可是有一天，我去向小裁縫取我新縫製的襯衫時，他臉上喜悅的笑容消失了，趁著老闆不在，他出來低聲對我說：「太太，明天我要離開這裡，回南部鄉下去了。」

「爲什麼？」我大爲吃驚地問。

「老闆不要我做了。」

「爲什麼？」我更吃驚。

「他嫌我工作做得太慢，太仔細，而工資是論件計算的，他說像我這樣慢工細活，一天能做得幾件。他叫我馬虎點做，我辦不到，所以他不要我做了，說實話，我也不想做了。」

我聽得呆了半天，不知說什麼好，才又問：「你回南部做什麼工作呢？」

「給別人在田裡幫工，我喜歡田裡的工作。但媽媽要我來台北學裁縫好多賺點錢，我不習慣。爸爸在世時，一直教我要誠實做事，我回去種田，媽媽不會生我氣的。」

他臉上又泛起微笑，濃霧散開了。

「給我一個地址好嗎？」我悵悵地問。

「這就是我的地址，」他立刻從口袋裡掏出一張字條給我，一臉誠懇地問：「我可以寫信給你嗎？我好喜歡你送我的書啊！」

因爲他愛看書，我時常送他朋友和自己的書。

「我會給你寫信，給你寄書的。」我禁不住淚水盈眶，感到世間事竟是如此的無奈。

我們就這麼在巷口匆匆而別，第二天再到小店時，他已不在那兒了。小店離家咫尺之地，我卻悵然如有所失，無心再去了。我原以爲老闆一定是教導小裁縫，做一個勤奮誠實的學徒，沒想到是小裁縫擇善固執的本性，違拗了老闆而被辭退的。

他爲我縫製的這件合身襯衫，我一直穿了許多年，破了補，補了破，直到不能再補再穿，卻無論如何捨不得丟棄，就把它保存在抽屜的一角——一個看得見、摸得著的地方，爲了懷念這位誠實的朋友。

我們曾通過信，我也曾寄過雜誌和書給他。可是歲月流轉，人事變遷，我們漸漸地失去了聯繫。不知他現在究在何處，他該早已成家立業了吧。他是在南部種田呢？還是自己開洋裁店，教導幾位勤奮誠實的學徒呢？

——原載《聯合報・副刊》

釣魚

中國舊時代的文人，爲了排遣悠閒歲月，享受與世無爭的情趣，吟詩作賦之外，不是下棋，就是釣魚。記得有一副巧聯是：「松下圍棋，松子每隨棋子落。柳邊垂釣，柳絲常如釣絲懸。」那種情景，確乎是令人神往的。

用「下棋」來消磨光陰，在分秒必爭的忙碌現代人，是無法想像的。而釣魚一事，在我的感覺上，實在是一種非常殘忍的娛樂方式。試想魚兒在水中悠遊自在，你卻用釣餌去引誘牠、戲弄牠，用鐵鉤刺穿牠的嘴唇，把牠活生生提出水面，看牠在空中作垂死的掙扎，多麼痛楚？更莫說血淋淋地烹而食之了。

有人說，拿魚網捕魚是殘忍的；用釣鉤釣牠並不算殘忍，因爲那是魚兒自願上鉤，這是掩耳盜鈴的自欺之言。試想人類侵犯到魚兒活動的範圍裡，設下置之死地的陷阱，不是殘忍是什麼？

據說被尊爲「人道主義之父」的傳教士史懷哲博士，懷著一腔仁慈之心，戒絕了釣魚，且苦口婆心勸世人不要去傷害戲弄小生命。可見慈悲心懷，人皆有之，豈止限於佛教信徒？

回想先父於退休鄉居時，曾以釣魚爲樂。每回去釣魚，母親心中總十分不悅，但因礙於隨侍在父親身邊的二娘，只好隱忍不言。我本是個貪玩孩子，卻怕看釣魚，因爲我不忍眼看泥土裡挖出來活生生的蚯蚓，被掐成一段段作爲釣餌。那寸斷的殘軀，在洋鐵罐裡仍不停地扭動，不停地顫抖，我也禁不住渾身顫抖。我更不忍眼看那上了鉤的魚兒，從水裡被提出來，在空中翻騰掙扎的慘狀。

有一次，父親命廚子把他自己釣的魚，烹來下酒，邊喝邊吟詩，一不小心魚刺卡住了喉嚨，咳嗆很久取不出來，十分的痛楚，詩興當然全無了。母親在廚房裡知道了，輕聲說了句「現世報」，卻又急忙搗了新鮮橄欖汁，和了上好陳年老醋，命我端給父親含在口中慢慢嚥下，魚刺果然被化掉了。父親滿心感激地對我說：「你媽媽偏方眞多，心腸眞好，你要孝順她喲！」我低聲說：「媽媽對您這麼好，您叫我孝順她，您爲什麼不對她好點呢？」

說完，我就回廚房告訴母親，母親嘆口氣說：「你不用孝順我，只要勸勸你爸爸，不要釣魚，不要殺生就好了。」

我把話傳給父親聽時，他連連點頭。坐在他身旁的二娘卻一直定定地看著我，我忽然感到心裡一陣懊惱，奔向母親，竟伏在她懷中大哭起來。母親摸摸我的頭，輕聲地說：「不要哭，不要生氣，你爸爸一定會聽你話的。」

母親和父親很少面對面說話的。自從那次父親被魚骨卡傷，含了母親搗的橄欖汁，得以平安無事以後，他眞的不再釣魚了。在母親心中，她一定覺得自己已經面對面勸過父親了吧！

我家遷居杭州以後，父親當然不再有釣魚的機會。但他曾學著騷人墨客，作過兩句自己很得意的詩：「門臨花市占春早，居近湖濱歸釣遲。」其實呢？我們的住宅離西湖相當遠，而且靠湖濱的公園，終日遊人如織，根本沒一處可以垂釣。至於「花市」，只不過是一條十丈紅塵的馬路而已。何來的花呢？當時取名爲「花市路」，不知是路的幸，還是花的不幸。回想我住在那幢重門深鎖、暗沉沉房子裡的時日，就從未感受到絲毫「花」的清香氣息。父親吟著「占春早」、「歸釣遲」，無非是他的筆底文章而已！

前年秋間，我曾經回到杭州，曾經驅車一探「花市路」舊宅。只見圍牆剝蝕，鐵門已改爲灰土土的木門。門內是如何景象，我實在無心過問，想來定已面目全非。我只在門外駐足片刻，就愀然離去了。

雙親早逝，人事無常，身外之物，又有什麼值得留戀的？我不免又想起先父的那兩句詩：「門臨花市占春早，居近湖濱歸釣遲。」就隨口接了兩句「人世幾番華屋感，瘡痍滿目淚沾衣」啊！

——原載八十一年元月二十九日《中華日報・副刊》

流淚的觀音

琴几上的玻璃匣中，豎立著一尊觀音佛像。那不是精工雕塑，而是隆起一片牡蠣殼內的模糊形象。祂的慈眉善目都只是隱隱約約，難以辨認，更莫說飄逸的衣衫和手中的柳枝淨水瓶了。

觀音像是前年我回大陸時，一位童年時的好友所贈。她鄭重地對我說：「這是珍品，請好好保存。」然後向我敘述了牡蠣殼裡觀音像形成的過程。

養珠人根據珍珠在牡蠣殼內形成的原理，用一塊塑膠料雕成佛像，塞在從海中捕來活生生的大牡蠣殼內，再把牠放在一大缸海水中，使牠痛苦地蠕動全身，想把這龐大的阻礙物推出體外。在垂死的掙扎中，牡蠣就分泌大量珍珠液，將佛像層層包圍以減少磨擦的痛苦。日久之後，被珍珠液包圍起來的晶瑩佛像，就粘附在牡蠣殼內。養珠人撈起牡蠣，剝肉取殼，製成珍品以招徠好奇的觀光客。

聽來令人萬分不忍。眞不能不感慨人類蹂躪小動物手段的殘酷。其目的卻只是爲了圖利。最諷刺的是，用如此殘酷手段製成的，卻是慈悲的觀音像。

我每回站在琴几前，仔細看觀音臉頰上似閃著點點淚光。那不是美麗的珍珠，那是觀音爲人間罪孽所流的淚水吧！

記得多年前曾觀賞一位嶺南畫家的名作。畫的是一尊觀音。坐在深山懸崖上，雙頰淚水涔涔。畫家說，慈悲的觀音是爲了芸芸衆生的痛苦與深重的罪孽而流淚。

想到耶穌基督，爲背負人間一切罪惡，被高高釘在十字架上，滴血而死時，祂向流淚的天父祈求赦免世人因無知所犯的過錯。祂無怨無悔無恨的偉大精神，與觀音正一般無二。

據佛經記載，觀音是輔佐阿彌陀佛的大菩薩。以三十二應身示現於三千大千世界，以便普渡衆生。世人只要虔誠唸祂，祂便聞聲而至，故稱廣大靈感觀世音。祂爲世人所犯罪過而哭泣不已，這也許正是那位畫家畫懸崖上流淚觀音的深意吧！

我凝視著牡蠣殼中的觀音像，想起海水中千千萬萬隻被捕後再被痛苦蹂躪至死的無辜牡蠣，慈悲的觀音，焉得不爲此痛心流淚呢？

——原載《聯合報・副刊》

鐵樹開花

據說鐵樹是不開花的。鐵樹若開了花，花謝時樹亦隨之枯萎。可是我家的鐵樹卻開了花，而且花謝後，樹葉卻愈長愈繁茂。

這是千眞萬確的事實，那株落地門邊挺拔的「鐵」樹，「鐵」證如山。他——我不願用「它」而要用「他」來代表，因爲他像是能聽、能說話的大孩子，和我息息相關。

話得從頭說起：兩年前，我在寓所的垃圾箱邊，看見一株憔悴委靡的鐵樹，歪歪地倒在一旁，盆子已破碎，樹根泥土乾裂，樹頂上垂著兩片嫩葉，在傍晚的斜陽中，奄奄一息。這必然是不愛惜生命與物力的美國鄰居丟出來的。我頓時心生憐憫，尤不能見死不救，馬上費力地把他捧回屋子，急急去地下室找個空盆子把他的根按在裡面，又求外子快去買一包新的營養泥土傾入，把周圍壓緊，再澆了濃淡合度的營養水。耳聽他吱吱地像嬰兒吮奶一般把水吸下去。然後把他擺到靠陽台的落地門邊，這兒陽光並不直射，天花板上有一盞燈，晚上燈光正好照在鐵樹頂上。我低聲對他默祝：「你已有個溫暖安全的家，希望你在歷劫餘生後快快活過來。」

第二天一早，就看見那兩片幼嫩的葉子已經豎了起來，他真的活過來了。我好高興，從那以後，總是摸摸泥土乾了就澆水，澆到盆底滲出水來就停止。每週加一次營養水給他滋補一下。眼看樹幹四周高高低低爆長出許多綠芽，頂端的那兩片嫩葉更長得如對稱的丫角，十分頑皮可愛。那一份欣欣向榮，令人欣慰萬分。樹，原是多麼有情，多麼能接受人的關愛啊！

我原本沒有照顧花木的「綠手指」，但這株鐵樹卻給了我信心。就興致勃勃地去花店買來幾盆室內盆栽，擺在鐵樹旁邊和他作伴。朋友送我一棵非洲菫，不小心折斷一片葉子，我又細心將它培養出另一株來，母子倆年年盛開紫花，竟然一串接一串地四、五個月也不凋謝，與高高撐開像一把傘的鐵樹相映成趣。

有一天，鐵樹頂上忽然冒出長長一根細枝，枝上結著纍纍的細白花苞，到晚上就全部開放了，散發出淡淡清香，我眞是喜出望外。根本沒去想「鐵樹開花就會枯萎」的這回事。花謝以後，我就把細枝剪去，用溼布擦淨每一片葉子，輕聲細語地對他說：「你眞乖啊！好好地長吧！我把你當孩子般地呵護，我們是心有靈犀一點通的。」

現在，我在書桌邊寫這篇小文，不時抬頭遠遠地望著他，他似在對我點頭微笑。寂靜的書室，充滿了暖意。

古語說：「十年樹木，百年樹人。」我想，不論是樹或人，不論是十年、百年，只要你付出愛心和關懷，世間的萬事萬物，總不會使你失望的。

——原載民國八十一年一月三十一日《中央日報・副刊》

藍衣天使

每天一大早醒來，神清氣爽中，就會湧上一陣快樂的希望；今天一定會收到幾封好友的信吧！

寫信、盼信，是我這個無業閒居之人的一份樂趣。

我們這個社區的郵差是一位女性。她的名字叫梅德鄰（Medaline）。由於我的郵件較多，信箱常常容不下，且常有掛號信件，都由她親送到門口簽收。遇她不忙時，就邀她進來喝咖啡，吃點我自己土法做的糕餅，香軟可口，卻不甜得發膩，她邊吃邊誇，我得意之餘，還讓她帶兩塊回去以饗室友。

梅德鄰精神抖擻，笑口常開，我們談得很投緣。我問她一年四季風雨無阻地送信，是否很辛苦。她說她非常熱愛這份工作。認爲時代無論怎樣進步，手寫的信總比以分秒計算的電話、電傳等親切有情趣得多了。

她的話甚獲吾心，於是我告訴她，多年前我們台灣有一位郵差先生，在颱風中把郵包頂在頭上，冒險涉水。但因水勢太大，體力不支，萬分危急中仍將郵包使力扔到山邊，自己卻被洪流沖去而殉職。這種盡忠職守的精神，她聽了非常感動。但我們也不由得都想起美國曾有一個郵差，忽然大發脾氣，將郵件統統丟進叢林中的荒謬行爲。我也講給她聽，中國古代也有個殷洪喬把鄰居託帶的一百多封信都投入長江中的故事。她大笑說：「這兩人大概都是瘋子吧！」她又誠懇地說：「說實在的，每個人的人生觀與想法都不一樣。我之所以投考郵政，不只是因爲這是份有保障的終身職，也因爲我從小看媽媽倚門盼望爸爸來信之渴切，和她收到信時涕淚交流的欣慰。眼看那位老郵差挨門挨戶送信的歡樂神情，我就發下心願，長大後要當一名郵差，做一個送快樂到家門前的天使。」

梅德鄰的誠懇心願使我好感動，就稱她爲藍衣天使，因爲美國郵務員的制服是藍色的。

在這個社區裡，不僅是我這個盼信的中國人歡迎她，好多位鄰居太太都時常邀她到家中小坐喝茶。有一位老太太幾乎每天都定時在郵筒邊等待她的來到。她說，她最高興看見老太太雙手接過信件去時滿臉的笑容。儘管那裡面大半是商業宣傳的

「垃圾郵件」，老太太仍細心地把各種廉價劵剪下，寄給慈善機構好好利用。因爲她知道大家都忙，她卻有的是時間，寧可以此爲樂。這使得梅德鄰也感到自己分享了同樣的快樂。她說看見這位老太太，就會使她想念起遠在巴西的老祖母，她再忙也定時給她老人家寫信。我問她用「打字嗎」？她說：「不，用手寫，寫淺近的英文，祖母喜歡學英文。這樣才能把我的思念帶給她。」

梅德鄰眞是個孝順的好女孩。

可惜的是，現代人都忙忙碌碌，誰能有那位鄰居老太太的閒情？誰又能像梅德鄰這樣的善體人意呢？

我有一位遠在新加坡的年輕朋友，給我來信用電腦打字，字一個個方方正正的，但總像冷冰冰擺著面孔，缺少了一份親切感。我要求她可否改用手寫，寧可寫短點。爲了珍惜友情，她只好改用手寫了。這該不算是我對好友的苛求吧！

想起古代交通困難，一封萬金家書，往往累月經年始能到達。詩人乃有「望去恨無千里眼，寄來都是隔年書」之嘆。而盼信的渴切心情，可以想見。我更愛的兩句是「勸君莫射南來雁，恐有家書寄遠人」。細體詩人悲憫情懷，尤令人酸鼻。

我還曾試著用英語結結巴巴地將此詩意翻譯給梅德鄰聽。她會心一笑說：「那麼我是不是那隻南來雁呢？」

梅德鄰眞是位可愛的藍衣天使。

——原載民國八十一年七月十五日《聯合報・副刊》

遛狗

嚴寒中很少外出，憑窗閒眺，常看見近鄰一位美國婦人，牽著一隻小狗，在附近散步。小狗在前面慢跑，她在後面苦苦追隨。小狗時而蹦蹦跳跳，時而停下來東張西望。婦人在後面亦步亦趨，十分的耐心。這種情景，說是遛狗，其實是狗遛，因爲明明是人被狗扯著遛。

無論遛狗或狗遛，對健康總是有益的。因爲不論風雨陰晴，都是非遛不可，而且必須持之以恆，一天也偷懶不得。

陰寒欲雪的日子，看那婦人披的是高貴貂皮大衣，小狗則身穿五彩毛背心。我不由得想到那些被捕殺而剝皮的貂，何其不幸。而被百般寵愛的小狗，卻又何其有幸？

其實狗是最有義氣的動物。你即使不理牠、不疼牠，牠對你照樣的忠心耿耿。

但不知中外狗性是否相同，也不知養尊處優的洋狗，是否會泯滅本性？

想起秦朝的李斯，當其寒微時，曾牽著一條黃狗，在咸陽市的街頭流浪，當了宰相以後，叱咤風雲，輔佐秦王，統一天下，倒也有不少建樹與貢獻。只因後來與趙高結黨，殺害忠孝的太子扶蘇而立無能的胡亥，一失足成千古恨，終至惹火燒身。他失勢失位之後，微服逃亡，過國境時被關吏所阻攔，告以奉李斯丞相之命，無通行證者不得過關出境。他只有惱恨作法自繩，更悲慘的是想要如當年牽著黃犬，自由自在地在咸陽市街頭閒逛，都不可得了。

後來他終於被捕而腰斬於咸陽市。開國功臣，結局竟是如此的悲慘。

李斯生於戰國時代，距今二千餘年，他可算得是遛狗的第一人吧。想想他在當丞相的烜赫時期，若是沒有拋棄那條黃犬的話，黃狗一定是忠心耿耿地追隨著他。那麼他落魄時，也一定會牽著狗一起逃亡。在過國境時，說不定關吏也是個愛犬之人，看在狗的份上以及他們主僕相依的可憐情景，動了惻隱之心，放他們過關。李斯若得以保全性命，東山再起，那麼中國歷史，豈不是另一番局面呢？

一條狗能有改變歷史的影響力嗎？我不免為自己的狂想而好笑起來。

——原載民國八十一年三月十八日《中央日報・副刊》

閒情

燈下閱讀，時時有細黑如芝麻的蟲飛來，在書頁上盤旋，久久不去。這是室內盆栽上的小飛蟲，有如不知晦朔的朝菌，十分可憐，因此我只用嘴輕輕將牠吹去，不忍用手指撣拂，生怕用力過猛，會傷害微弱的小生命。但因燈光溫暖，小蟲飛走了又回來，不免感到有點干擾。轉念一想，小蟲也當有牠享受燈光溫暖的自由，何況這點空間也並非專屬於我的，我若趕走牠，豈不是我的自私呢？我再仔細觀察小蟲張開翅膀飛動，和停留紙面上爬行的安詳姿態，實在非常可愛。這正是「萬物靜觀皆自得」，我與小蟲一樣地享受了一分悠遊的情趣。

大自然中，莫說是會爬的昆蟲，會叫會跳的貓狗，就連一草一木，都有它們欣欣向榮的生機。我屋子裡的許多盆栽，一年四季，綠意盎然。每於俯身澆水時，它們都似在對我點頭微笑，送來陣陣清香。我不時摸摸那嬌嫩欲滴的綠葉，深感與草木互通情愫的樂趣。

想起我孩子幼年時，於天眞爛漫中流露一片愛心。他看到盛開的花朵時，高興地用小手指在花瓣上輕輕點一下，卻馬上縮回來說：「不要摘它，它會痛喲。」看到地上螞蟻成群地搬運餅乾屑，他絕不用腳去踩踏，只爬下來守著牠們仔細地看，嘴裡喃喃地念著：「快快搬，快快回家看媽媽。」那一臉稚氣的關懷，使我好欣慰。他念小學時，看到馬路上無家可歸的小狗小貓，就抱回來要求我撫養。慚愧的是我沒有收容野狗野貓的條件，工作又忙，只好把困難的理由婉轉向他說明，他點頭默然無語，卻仍怏怏不樂好多天。

看他抱著不得不送到收容所的小狗小貓，輕聲細語地對牠說：「喊我哥哥呀，哥哥好捨不得你啊。」我心中眞是不忍。幼小的心靈，怎能體會大人們現實的困難，怎能理解人世間總有許多的無奈呢？

每當他抱怨地說：「媽媽叫我愛護小動物，你自己卻是說到做不到。」我總是無言以對。想想唐朝的窮詩人杜甫，但願有廣廈千萬間，以接納天下寒士，我也恨不得能有力量建一所動物收容所，使無家可歸的小動物得以享受溫飽。這雖是婦人之仁，多少也體會得一點天地好生之德吧。

兒子已逾而立之年，他那一臉的純眞稚氣，仍與幼年時一般無二。他曾好幾次問我：「媽媽，你爲什麼不養一隻貓或一隻狗呢？」

我說：「我未始不想養，只是現實困難重重。譬如出門旅遊時，託誰照顧呢？我們年紀大了，自顧不暇，萬一有病呢？」我又歎了口氣說：「我還是跟滿屋子的花花草草說話，也就樂在其中了。」

他聽了歉歉地笑了一下，默不作聲。他是否能體會得二老與花草說話時，所謂「樂在其中」的心情呢？

羈旅海外多年，老伴已經退休，在家時間多了。我們相看兩「生」厭之餘，常是坐對一室花草，反覺無聲勝有聲。我不免打趣地問他：「宋代詞人說：『樹若有情時，不會得青青如此。』你這個沒嘴的葫蘆，比樹如何呢？」他笑答道：「樹無情，才能長青。人有情，乃得白頭偕老啊。」

——原載《講義》雜誌

浮生小記

筆筒

好幾位朋友不約而同地送我筆筒，每一支都很各有特色。我把它們一字排開在書桌上，慢慢兒欣賞。

可惜的是我已硯田久廢，不寫毛筆字了。這麼雅致的筆筒，插的都是一大把原子筆和鉛筆，自己看了都慚愧，深感辜負了好友贈與的美意。

偏偏老伴又說：「看你吧！筆筒比筆多，筆比文章多，文章比讀者多。」

聽他這話，我眞該停筆了吧！

函購

每天總會在信箱裡抓出大把的垃圾郵件，全是商品推銷廣告。偶然得閒打開看看，那些服裝的色調款式，穿在儀態萬千的模特兒身上，看去確實讓你動心而引起購買慾。尤其以我這個不會開車的人，能夠足不出戶而以函購方式，買到一袋價廉物美的服裝，又何樂而不爲。何況廣告上說的，可以免費試穿二週，不合意原件退回，不收分文，一點也不會吃虧。

於是我就選擇了自己喜愛的式樣、顏色，塡上尺寸號碼寄去，盼望他寄來，一穿就合身。左等右等，卻寄來一紙通知，要我先寄支票去。我想好在錢也不多，就把支票寄去了。一週後寄來了貨品，興匆匆打開一看，竟不是我指定的顏色，勉強試穿又不合身。老件說：「洋人的尺寸對你根本不適合，你應該買童裝呀。」我一氣之下，原件退回，要他立刻退還支票。誰知他並不退還支票，卻又寄來一套較小的尺碼，不同的式樣，附了一封很客氣的信說：「同樣的款式沒有了，希望這一套你會喜歡。」我已沒有興趣，也沒有體力再跑郵局，再花掛號費寄回了。只好把它留下，壓在箱底，等耶誕節捐給救世軍吧。

老伴說：「早告訴你，便宜無好貨，你不相信。」我說：「我不是貪便宜，我是想省點時間精力，那知反而上當。」他說：「商人爲了撇清陳貨，引誘你購買，當然是好話說盡，等錢到了手，那有退還之理？好了，上一次當學一次乖，何況上當有個貨在。」

我眞是學了一次乖，永不再相信商人的推銷術了。俗語說：「只有你買錯，那有他賣錯。」這才是「便宜就是吃虧」呢！

驚魂當此際

有一天，我們有事去紐約，車已將到目的地了，我忽然想起爐子上燒著開水，用的又是大火，這麼長時間，必定是水燒乾了，壺燒熔了，掉在地上，釀成大災。這怎麼辦，我愈想愈驚慌，他一言不發，沉著臉，踩足油門，以最快速度飛車趕回。一路上我眞是失魂落魄，度秒如年，恨死了自己的健忘症。

好容易到達社區，遠看四週靜悄悄的，車道上並沒有救火車停留，大概還沒出事吧。我下車飛奔入屋，跨進廚房，卻並沒有預料的一股熱氣撲來。再一看爐子上，靜靜地坐著那把叫壺，壺嘴蓋子都未關上，竟是滿滿的一壺冷水。原來我把它放上爐子，卻忘了扭開火。

眞是謝天謝地，向來健忘總是誤事，這一次卻因健忘得保平安。

夜遊夫妻

在一位老鄉朋友家小聚，她廚房地板上出現一條渾身軟綿綿的小蟲，老鄉說我們家鄉稱這種蟲爲「夜遊」，都在夜晚出來覓食，而且必定是成雙作對的，出現一條，必定會有另一條緊緊跟隨。她吩咐孩子們不要加以踐踏，讓牠靜靜地等待牠的伴侶。可是她兒子不知道這種情形，就抓了一把鹽撒在牠身上，不久牠就會化爲一攤黃水了。原來鹽是夜遊的剋星，看起來實在是非常悲慘的。更悲慘的是，過不多久，果然出現另一條夜遊，蜷伏在那攤黃水旁邊，頭緊緊碰著那只剩下一點點的顫抖著的頂端，似在泣訴著生離死別的哀痛，原來牠們眞是一對同生共死的「夜遊夫妻」啊！

父母之愛

晚間在電視上看見一對非常美麗的鴛鴦魚，邊上圍繞著一群小魚，嬉戲遊樂，看去必然是其樂融融的一個家族。忽然一條凶猛的大魚來襲擊了，那條較大的公魚就奮不顧身地去迎敵，令人驚奇的是母魚竟張開嘴巴把小魚統統吸入口中，又張開兩鰓給牠的子女通空氣。待公魚將敵人擊退以後，牠馬上又把小魚一條條吐出來。懵懵懂懂的小魚，一點也不知道牠們的父母爲牠們擋過一場大災難呢。

這一幕情景，看得我目瞪口呆。誰能說低等動物的蟲魚沒有靈性呢？牠們並不冷血，牠們有夫妻之情，有親子之愛。爲了保護子女，牠們的勇敢與機智並不亞於人類呢！

揠苗助長

朋友送給我們一盆非洲堇，塑膠盆底沒有漏水孔。這樣的缽子養花一定不能長久，因爲泥土太濕，根會爛掉。這根本是花店騙錢的玩意兒，供你擺上一週半月，也就值回票價了。但因葉子姿態好，我就格外的小心伺候，把它擺在有充分陽光卻不是直射的地方，每次用手指插入泥土中，感覺很乾了才敢加少許的水，卻絕對不能在葉子上灑水，葉子一碰到水馬上會爛掉。

因爲我招呼得法，這株非洲堇居然欣欣向榮，葉子愈長愈壯，四面八方張得大大的、圓圓的，煞是可愛。不久團團的葉子正中央，長出一根紫色的苗，漸漸地一枝又一枝分岔開來，上面全是花苞，我眞是喜出望外，就在水中加幾滴營養液，小心翼翼地從盆子四周平均澆下去。一兩天以後，花苞一齊開放，是紫色的花，黃色的花蕊，散發出一縷清香，葉子上有著細細的絨毛，亮晶晶的就跟緞子一般。花一簇又一簇愈開愈茂盛，花葉交輝，實在是美麗極了。這是我所養的室內植物中，惟一開出花來的盆栽，所以格外使我高興。另一株曇花養了將近四年，枝葉繁茂無比，卻就是不開花，我稱它是啞巴花。如今有了會說話的非洲菫與它作伴，啞巴花該不致寂寞了。

我總是擔心草本的花木生命不會長，尤其是養在塑膠盆中，很想給它換下盆子，又怕它正在開花之時，移動一下會影響它的「心情」。所以仍只是每週一次澆水，使它的泥土乾濕適度，它就一直欣欣向榮地開花。開了兩個多月的花不謝，而且葉子愈長愈大，離泥土也愈來愈高。那一副茁壯的神情，看了眞使人欣喜萬分。

很久以後，有幾朵花兒逐漸開始萎謝了。我想使其他的花朵能多多保持營養，就用剪子小心地把殘花剪去，免得它費力掙扎。沒想到一剪下去，花梗上立刻溢出一滴清露。我心裡好不忍，但已無法補救。第二天一看，被剪去殘花四周的花朵，竟全部萎謝了。才知道它們原是同氣連枝，即使是其中的一朵提前萎謝，它的元氣，它的營養，仍然會傳遞給其他的姊妹花朵的。我這個急性子卻是剪斷花枝，摧殘了它的生機。我是多麼的後悔啊！

以後我再也不敢冒失地去碰它，只小心呵護，讓花兒自然萎謝。不久忽發現其中有一朵的花心，結出一顆綠色的珠子來，我又是喜出望外。這顆圓潤的珠子，是否就是傳遞下一代的種子呢？我想一定是的，我且靜靜地等待吧！

永遠的曇花

書桌抽屜裡放著一個紙包，包的是三朵乾燥曇花，縐縐的呈焦黃色。湊在鼻子邊聞聞，似仍有微微的清香。

據說用冰糖蒸曇花，吃了可以治療氣喘病或咽喉敏感。但吃花一如煮鶴焚琴，太殺風景，而且非常不忍，就把花包起來留作紀念。

這株曇花是我從友人處剪來一片葉子培養起來的，長得非常快速。長成後每年都按時盛開粉紅色花朵。每開必兩三朵，散發著滿室清香，使我滿懷歡欣與感激。總是一邊工作，一邊抬頭注視它，由含苞至盛開至萎謝，在短短的時間裡，它是那麼虔誠地顯現了至上的美。它盛開時的高雅，垂落時的沉靜，給予我們的啓示是：生命無論短暫與長久，都是一樣的莊嚴與永恆，只要對人間盡心奉獻過了。

記得多年前有一位老前輩作過一首詠曇花的詞，最後兩句是：「且安排老去惜花心，爲曇花祈禱。」其實只是惜花是不夠的，應該於花開花謝中有更多的領悟。我因而另寫了兩句：「惜花須自愛，莫負種花人。」

因而感到紙包裡三朵萎謝的曇花，自有一份永恆的美。

——原載《中央日報・副刊》

電腦與懊惱

我是個生活在現代的「今之古人」，對現代各種魔術似的科技所給與的便利，不但不會應用，反產生一份拒絕感，因而常不免有「老而不死」的悲嘆！

有一位遠在新加坡的年輕朋友，來信告訴我她用電腦寫文章，一天可完成近萬字，這在我是不可思議的事。她給我的信是用電腦打的。我看了卻有一份「隔」之感，因爲對著那些方方正正的字體，好像一張張擺起的面孔，沒有一絲表情，更莫說親切感了。所以我要求她給我寫信用手寫，短點倒無妨。她只好用手寫，可是這一陣又變成電腦字了，這眞是電腦給我的懊惱。

有時去親友家，看見他們的孩子們，對我心不在焉的「嗨」了一聲，只顧坐在螢光幕前玩他們的電腦遊戲。連大人們大聲喊吃飯都充耳不聞，其專注有如此者。

去年回台灣，住在許昌街青年會。那條街的行人道上停滿了機車與自行車。大半是青少年騎了車到那兒的電腦遊樂場玩電腦遊戲。看他們全神貫注地按鈕，眼睛盯在螢光幕上，眞擔心那些跳躍的幢幢鬼影，對他們的視力會不會造成傷害。他們這樣年輕輕的，若把寶貴光陰用在圖書館裡閱讀書刊，或利用電腦資料、目錄，對他們可以有多大的進益呢？他們這樣的浪費光陰，內心會感到徬徨嗎？

可是誰能去指引他們呢？老師嗎？父母嗎？我有點茫然。也許有的父母還正沉迷在股票市場而無法自拔呢！

這是什麼時代？這是什麼世界啊！

時間、時間

誰都知道，「殺時間」是從英語Kill Time直譯過來的，已成了流行的現代語。有人說：「你不殺時間，時間會自殺。」其實時間不會自殺，而是會來殺你。殺得很兇。你的皮膚皺了，眼睛花了，四肢不靈活了，不是時間戮的刀痕嗎？一個人從呱呱墜地開始，就被時間追著一寸寸的戮，直到老年被戮得遍體鱗傷，誰能逃得掉呢？

現代人掛在嘴上的一句話就是：「我要趕時間。」「我要抓緊時間。」其實你能趕得上，抓得住嗎？時間一不高興，向你擺擺手，你就沒有時間了。

時間的最偉大處就是它的公平。無論貴賤賢愚，一視同仁。記得有個簡單的謎語：「人人見我懊惱，個個落我圈套，待時辰一到，誰也逃不過。」謎底是什麼，也就不必說穿了。

古人有兩句詩：「青山本是傷心地，白骨曾爲上塚人。」感慨那墓中人當年也是來上墳的人，今天祭墳的人，遲早也將成爲墓中人。把時、空、人三者都濃縮在短短十四個字中，多唸幾遍，就四大皆空了。

蘇東坡有首悼亡友的詩中句：「三過門間老病死，一彈指頃去來今。」他雖深悟禪理，仍不免感慨人世的無常，時間的不留情。

時間既然是如此的捉弄人，我們是否可以不要去趕它、殺它，也不要在心理上被殺呢？老子說得好：「人之大患，在我有身。」這個「大患」，就是佛家所說的「攀緣心」。念念不忘生、老、病、死，就會更受此四者的折磨。

我有位鄰居老太太，老伴去世後，曾一度非常沮喪，漸漸地又恢復了生龍活虎般的生活情趣。我們在郵筒邊相遇時，她總捧著一大把信，興高采烈地告訴我，她把商品廣告上的優待券，一張張剪下歸類，分別寄給各慈善機構應用。她還用彩色廣告紙摺疊出立體玩具寄給孫輩玩。最難得的是對半絲半縷，和小小花布碎片，都利用來拼製出可愛的小娃娃。她說：「年輕的媽媽們都太忙，沒工夫做，我有的是時間，何況多用針線縫縫補補，雙手也會靈活些呀。」

明亮的陽光，照在她臉上，顯得每一條皺紋中都充滿了喜悅。她沒有趕時間，沒有殺時間，時間也不趕她：不殺她，她的笑容呈顯出一片沖和氣象。

我不由得想起先師的名句：「不愁折盡平生福，但願虔修來世閑。」像這位老太太，才是懂得不折福，又能享受「今」世閑的人啊！

一把椅子

因下樓不愼，左膝扭傷，去中國城一位骨科醫師推捺，完畢後下電梯，外子囑我在大樓門口稍候，他去停車處開了車子來接我。門外寒風凜冽，乃退回到裡面。看見大樓管理員旁邊有一把椅子，我就跛著腳過去，笑嘻嘻地向他說聲「好」，問他可否在椅子上稍坐片刻，沒想到他繃起一張撲克臉，一聲不響，就將椅子一把拉過去，推到桌子下面去了。

這動作非常出我意外，心裡也著實有點不高興。但我仍笑著對他說：「坐一下沒關係吧！我因爲腳痛不能多站。」他瞪了我一眼，就只顧低頭看他的書。不一回，又一個中國人下來了，他們用家鄉話談得興高采烈，我才恍然，他不理睬我，原來只因我不是他老鄉。但也何至視我如仇人呢？就不說血濃於水，至少總有點同胞情吧！我感慨的不是他對我的無禮貌，而是某些中國人同鄉觀念之狹窄。每看到日本人、韓國人的團結互助，不免感慨萬分。

回到家中，心裡一直不愉快。正好一份佛教刊物《人生》寄到。打開來看了一段聖嚴法師對「千江有水千江月，萬里無雲萬里天」的釋疑。大意說：「上一句表示此心不執著於一個目標，便處處都是目標，得心應手，左右逢源。下一句表示若能虛懷若谷，事事包容，小圈子就變得無限開闊，心中無成見，世界自然可愛。」

我也明白大江小江的月亮，原是同一個。遇到各種人物，只因不同環境，不同心境而有不同感受。若把它當作自然現象，就不會大驚小怪了。可見我爲了那個沒禮貌的看門人生氣，只因心中先有一個「中國人在外國應當彼此認同」的成見，不合於此情態的就不免失望吧。

我因而想起中學時國文老師講給我們聽的一個故事。他說有一個船夫撐著船過一個橋洞，看見有一條船擋住去路，他喊了半天沒人理會，非常生氣，划近仔細一看，原來是條空船。他就耐心地跨過船去，把它划開，再回來將自己的船慢慢划過去，老師問：「船夫爲什麼起先生氣，見是空船反而不生氣了呢？」我們齊聲回答：「因爲船是空的，他跟誰生氣呀？」老師拍手說：「對啦！因爲船夫沒有生氣的對象了。這個故事，告訴我們，遇到別人使你不開心時，你就當他是無心的，就好比那條船是空的，你也就不計較了。」

我們聽後都覺得老師講的道理太深奧。也可以說是一種阿Q精神，太不合時宜了。

直到如今，我仍覺得當年國文老師的教誨，總是叫人退一步想。謙讓固然是美德，一過分就變得懦怯了。我認為中國的老莊思想失之於虛無縹緲。佛家精神固然博大包容，卻又不是常人所能企及。還是儒家的「以直報怨，以德報德」，最合乎中庸之道。

比如我遇到的那個看門的人，不讓我坐那把椅子，不接受我禮貌的招呼，反而怒目以視，這種態度，我就可以理直氣壯地教訓他幾句，並不為過。若還要拘泥於「同胞愛」的大道理去原諒他，反而是太迂闊，不近情理了。

這是一件小事，我並未耿耿於懷，但想起聖嚴法師的解釋，不免感慨於世道衰微、人情淡薄的今日，所謂的「千江有水千江月」的境界，豈是易得？而「萬里無雲萬里天」的胸襟，在這紛紛擾擾的濁世，要怎樣的修持，才培養得起來呢？

——原載民國八十年三月十七日《世界日報．副刊》

盲女與愛犬

曾經看過一部電視長片，是一個盲人復明的故事。她本來一直依賴一隻忠心耿耿的愛犬艾瑪帶路，每天安全地去學校上課，去超級市場購物，生活得和正常人一般。有一天，他的好友帶給他好消息，說醫生認爲她的眼睛動手術後有百分之八十的復明希望，她反倒猶疑了。因爲她平靜的心情，已習慣於摸索的簡單生活，她怕面對花花綠綠的繁華世界，也怕面對忽然變得陌生的好友，可能會使她感到幻滅，她寧可把美好留在想像中。可是好友勸她說：「你有勇氣排除目不能視的種種不便，爲什麼沒有勇氣迎接光明呢？」她笑笑說：「我覺得有艾瑪幫忙就夠了。」

但她終於接受勸告，幸運地，手術非常成功，她復明了。當她第一眼看到好友和愛犬艾瑪時，她馬上感到整個世界實在太美好，太可愛了。她緊緊摟著艾瑪說：「艾瑪，我好愛你，雖然今後你不用再爲我帶路，但我要你永遠陪伴在身邊。」

他們一同上班，一同去公園玩樂，日子過得好幸福。可是有一天，她看到一個盲人蹣跚地走過鬧區的街心，被一輛自行車撞倒，手裡的紙包食物撒了一地，望見盲人一臉驚愕無助的神情，再看看自己手中牽著的艾瑪，她心中默默地做了最大的決定。輾轉反側了一夜，她抱著愛犬，喃喃地對牠說：「艾瑪，你知道我多麼愛你，多麼捨不得你。但是你教了我如何愛別人，如何幫助別人，如何獲得別人的愛和信賴。我已深深了解，世間一切都當公平，快樂幸福應當與人分享，現在那位盲人比我更需要你，我不得不讓你去陪伴她，艾瑪你去吧！」艾瑪一臉的憨厚，也像要哭的樣子，淚汪汪的眼神望著主人，依依不捨地被朋友牽走，開始負起另一份帶領新主人的任務。

看完這部電影，內心好感動。這是一部舊片，不知朋友們有沒有看過。我時常想，國內的電視如能多多上映這一類散佈愛的好劇本，無論大人和小朋友們看了，一定會感到好溫暖，社會也會充滿一片詳和之氣呢。

我看過嶺月譯的〈導盲犬的故事〉，眞是好感動人。那一家人都非常愛那隻聰明伶俐的狗，牠已經是他們全家的好朋友了。但因爲牠原是一隻要送去受訓練的導盲犬，只是答應代爲撫養到可以受訓練的時候，就不得不忍痛和牠告別，讓牠能發揮幫助人類的美德，而不只是陪人玩樂而已。這個故事的意義，和我看的電影不是一樣的感人嗎？

——原載《世界日報・副刊》

「笨」的隨想

讀了《聯副》好幾篇調侃自己笨的文章，覺得每位都笨得很可愛。說實在的，在這五花八門、應接不暇的時代裡，人，有時無妨笨一下子，也就是胡塗一下子，反可以延年益壽。俗語說：「聰明一世，懵懂一時」，這一時的懵懂，不就是難得的胡塗嗎？老莊哲學主張「大智若愚」、「大巧若拙」。裝得「愚」與「拙」，在亂世可以明哲保身。這個道理，在今日極權國家，還眞用得著呢。

我倒是想起有些人，天生某些方面格外顯得笨拙，也自有他的可愛處。比如我父親有一位好友童仙伯伯，讀書過目不忘，寫文章作詩，一揮而就。父親就請他在司令部裡當祕書，專寫應酬文章。他一搖頭、一晃腦，寫出來的東西確實高人一等，脫俗有情意。糟的是他常常張冠李戴，把賀婚禮誤寄祝壽，祝壽誤寄追悼，搞得天下大亂，得罪了朋友。所以他寫好以後，都要由父親自己過目加封寄出。他的詩文墨寶，大家都爭相珍藏。

他因爲夫人管得太兇，常常在我家避難。他講他自己的胡塗事，笑得我們前仰後合，成了我們全家的開心果。媽媽說：「他的名字叫童仙，仙人哪有這麼笨，所以童仙伯伯的笨與胡塗是裝出來逗我們樂的。」媽媽說得也有道理，不然的話，他怎麼認得路，老遠從他自己家摸到我們家來，又吃又喝呢？

他說他自己不認識路，不記得門牌，有一次大著膽子一個人去上海，住在一家旅館裡，肚子餓了出去買燒餅，卻轉來轉去找不到旅館，也記不得街名和門牌，只好又在另一家旅館住下，寫信回杭州，叫我父親派人去接他回來。

他說有一次搭火車，把帽子脫下掛在車窗的鉤子上，火車到站了，他起身時看了下帽子，心想什麼人記性這麼差，把帽子忘在這裡，我可是個路不拾遺的君子，不能拿人家的東西，回家後一摸光頭，才想起那頂帽子原來是他自己的。他邊說邊拍腦袋瓜，做出很沮喪的樣子，我們當然又笑得前仰後合。他卻又悄悄對我說：「你笑得肚子餓了吧，童仙伯伯也餓了，你去廚房裡向媽媽要壺酒、一碟醬鴨肫肝，我喝足了再講笨故事給你聽。」

我聽多了漸漸知道有的是他編出來的，有的是書上看來的。但我還是喜歡聽，喜歡看他講時的滑稽神情。我也喜歡聽他高聲朗吟詩詞的音調，他說：「那是瑞安腔，瑞安是浙江文風最盛的地方。」我後來能背一些詩詞，還是從小在童仙伯伯那兒聽來的呢！到如今，我仍是視覺遠不及聽覺靈敏。凡是喜愛的詩詞，必須高聲朗吟，便可過「耳」不忘，看過的文章，常常是一片模糊。

如今上了年紀，整天的丟三落四，尋尋覓覓。這種胡塗與笨頭笨腦可不是裝出來的。眞擔心會得老人癡呆症，有一天連老伴都不認識了。他笑笑說：「到那時我也一樣不認得你了，我們重新相識不是很有意思嗎？」我便隨口謅了兩句：「老去長存知己感，百年舊侶再從頭。」

——原載民國八十年九月三十日《世界日報．副刊》

尷尬年齡

讀了吳玲瑤的〈尷尬年齡〉一文，說孩子們在成長期間，有一段尷尬年齡，使做父母的左不是、右不是，不由得引起我無限感觸。

想起自己幼年時，在母親身邊總是百般的不順心。不是埋怨自己長不大，沒資格穿戴母親的服飾，就是恨自己不夠幼小，不能時刻黏著母親，要她片刻不離地陪伴我。母親是位勤勞的農村婦女，當她忙得不可開交的時候，就會說：「你這個懶惰姑娘，這麼大了，只知道玩，一點也不會幫媽媽的忙。」或是說：「你還小呢，這些事你做不來，別在邊上搗蛋了。」

相信每一位母親，對於不大不小的兒女，都會說這樣的話吧！

記得我兒子念小學時，每晚做功課非得我陪在邊上。有時我實在疲倦，回房間躺一下，他就會大喊：「媽媽，你一走開，我的算術就做不出來了啦！」我心裡好煩，但轉念一想，他現在要我陪總是好的，到有一天不要我陪，甚至連我在邊上都嫌礙事的時候，就後悔莫及了，所以我就硬撐起來去陪他。

連他嚴厲的父親，爲他整理散亂在地板上的積木時，都會嘆口氣說：「現在能爲他理理東西，還是滿有意思的。到有一天，他的東西不讓我們碰一下時，那就感慨萬千了。」

兒子小時頑皮又逗人，他想要出去玩時就對我說：「媽媽，我在你面前你嫌我煩，我走開了你就想我。所以我還是多出去玩玩，讓你多想想我吧！」他有困難要我幫忙時，我嫌他太依賴、不肯用腦筋，他就會說：「我不是不肯用腦筋，我是故意要請你爲我多做點事，好享受母愛的溫暖，溫暖的母愛呀！」

他父親牽著他散步時，他說：「爸爸，我們手牽手、腳並腳，一同散步，我們父子手足情深。」當我嘆自己年老時，他說：「媽媽，你現在不要老，等我長大了，我們一起老。」

他那時是那麼一個善解人意的孩子，我是多麼不願他一下子就長大啊！因爲許多朋友都對我說：「不要埋怨撫育孩子的辛勞！因爲他小時候是你的孩子，長大了就不是你的孩子了。」

又有一位朋友對我說：「孩子幼年時踩在你腳尖上，長大了就踩在你心尖上。」流光飛逝，如今，他已年逾而立，我亦垂垂老矣。我們母子相對時總是默無一言。我恨不能問他：「兒子，你究竟在想些什麼？告訴我好嗎？」

父母心原都是苦澀的，而我卻承受了太多的痛苦。是因爲我沒有盡到做母親的責任嗎？還是他有意緊閉心扉，不願與父母溝通呢？我茫然了。若不是賢慧的兒媳，時常打電話來噓寒問暖，我幾乎不相信自己有一個曾扶床繞膝的可愛孩子。

天下事原無可強求，更何況親子之情。回想自己做女兒時，多少次刺傷母親的心，母親又何曾有半句責備之言？在那個舊時代，母親當然沒聽過「反抗期」、「尷尬年齡」等新名詞，可是她當初是怎麼想的呢？我既生於現代，就只好解嘲地自慰：也許是兒子仍一直未脫離「尷尬年齡」，也許是我這個老年人，反倒進入了難以自遣的「尷尬年齡」吧！

——原載民國八十一年二月十九日《中華日報・副刊》

夢中的那粒糖

兒子幼年時，有一天早上醒來，邊哭邊喊：「我的糖呢？我要我的糖。」我摟著他說：「寶寶在睡覺時沒有吃糖呀！」他仍堅持著，抽抽噎噎地說：「有吃糖，跌一跤掉在地上找不到了。」

我才恍然他是在夢裡吃糖跌跤，把糖跌掉了。幼兒分不清夢境與現實，因而哭著要那顆永遠也找不回的糖。

這和中國笑話中一個酒徒買酒的故事非常像。

一個窮漢在夢中買一壺酒，捧在胸前聞了又聞捨不得喝，心想好不容易有一壺酒，待回家把它溫一下再喝吧，沒想到一不小心跌了一跤，壺破了，酒灑了，夢也驚醒了。他萬分懊惱地說：「早知如此，不如就喝冷酒吧！」

窮漢喝不成酒是酸辛的，幼兒丟掉了糖也會心疼地哭。想想人生在現實與夢境之間，有多少的無奈啊！

「夢」是詩人筆下出現最多的字眼。例如：「夢中不識路，何以慰相思。」「夢境慣得無羈檢，又踏楊花過謝橋。」「夢也、夢也。夢不到，寒水空流。」「覺來知是夢，不勝悲。」正是王國維說的「最是人間酒醒夢回時」的失落感。

但這些詞句都明白地說出了夢的破滅，我最最欣賞的還是晏小山的一首〈女冠子〉最後四句：「歸夢碧紗窗，說與人人道：眞個別離難，不似相逢好。」他寫的一直是夢中相聚的歡樂，卻未曾道破夢醒，所以格外的含蓄，也格外的令人低徊悵惘。

記得在大學時，我們女同學都迷《紅樓夢》，在宿舍中每每談至深夜不寐。我當年曾戲作了一首打油詩：「紅樓一讀一沾襟，底事干卿強效顰（因林黛玉是愛哭的顰卿）。夜夜連床同說夢，世間兒女幾痴人。」如今將末句改爲「幾生修得作癡人，」似較原句空靈多了。

一幕幕往事，恍如春夢。想想當年從夢中驚醒，哭著要糖的兒子，現在也已經三十多歲了。他本性溫厚熱誠，卻過分耽於幻想。我不知道他這許多年來尋夢的心情如何？在一個做母親的心中，總爲孩子的現實生活愁風愁雨。有時我們母子相對，看他不言不語，一臉茫然的神情，我不免心酸也焦急，難道到今天他仍在找尋夢中失落的那一粒糖嗎？

——民國八十一年六月九日寫於紐澤西

天下無不是的「子女」

當我在十月二十八日讀到中華副刊〈一個女兒的心聲〉一文時，不是「感觸良深」，而是心情非常激動。我吃驚的是，世間眞有如此不諒解子女到不近人情地步的父母嗎？我相信主編先生刊出這篇文章，並不意味著「子女的痛苦，罪在父母」，他只是希望爲人父母者，要多多反省，正如爲人子女者，也要多多反省。

我並不懷疑該文所說的眞實性，我也不應該懷疑。可是我是如何熱切地希望，「莫愁」的父母，也能寫一封致主編的信，表白一下自己的心情，和讀後的感想。可惜寫文章的是女兒，沉默的是父母。於是就變成了「萬方有罪，罪在父母」了。這能說是公平的嗎？

今天（十一月六日）讀到楊小雲女士〈多要求自己〉一文，對這個可憐的女孩提出三點指示，實在是非常中肯、剴切的肺腑之言，使我非常感動，可以說她已替許多父母說出心裡想說的話了。尤其是第三點：「天下事都是有因有果。」她問莫愁，爲什麼小時候把她當掌上小公主般呵護，長大了百般辱罵？她可曾反省過呢？人心是肉做的，父母的心尤其與子女息息相關，爲什麼父母會對她如此反感，能沒一點理由嗎？楊女士又問她有沒有「勇於責人、寬於律己」？問得眞好。莫愁能寫一手情文並茂的好文章，想來應當是通情達理之人，但她能在校中得人人喜愛，爲何就不能得父母歡心？即使是養父母，也不至有如此深的成見吧。我知道楊女士是一位小說名家，一位年輕的慈母，她過去的工作又使她最最了解青少年心態，她的話是最最公平、中肯不過的。

就拿我個人來說吧，我是一個孩子的母親，我的孩子並不古怪，他也有一顆善良的心，對這樣一個孩子的啓發與教養，應該沒有什麼困難。可是在他成長中，社會形態的急遽變遷，學校教育與老師求好心切的種種因素，給我們帶來無窮的困擾與痛苦。加以專家學者們的種種理論，給孩子更多反抗父母的合理根據。他竟然在日記裡寫他是「備受父母冷落的寂寞孩子，父親只知經商掙錢，母親終日坐在牌桌上，三餐不管。」如果老師關懷訪問家庭，也可眞相大白，偏偏老師也漠不關懷，無暇及此。我在偶然的機會中看到日記，雖然又氣又吃驚，但也原諒孩子，他是爲自己的反抗找理由。仔細想想，豈不都是「父母應該做子女的朋友」那類文章給他的啓發而編出來的理由。

那時我的兒子時常通宵不歸，我就終宵坐等他回來，不敢鎖門，爲的是怕他打不開門而有「父母拒絕他」的感覺。他在外面交女朋友，三五成群出沒在街頭巷尾，我深怕他們出事，深夜打了手電筒在巷子裡尋找，希望他遊倦歸來，可是不見人影。第二天，他寫張條子告訴我；「昨天你在巷子裡找時，我就和女友躲在附近一輛校車裡。」他是有意的捉弄我、氣我。爲了他是我兒子，他在成長的不安定心態中，我一切都原諒了。他禍愈闖愈大，跳牆跌斷了腿，爬回家來，夜深按鈴，我和他父親送他去私人診所急救。我默禱他的平安，也默禱他從此悔悟，因爲他畢竟在遇到困難時回來找父母了。可是他的骨折治好了，手膀還掛著繃帶就又出去找「朋友」。第二次，被人砍了三刀，頸部幾及要害，菩薩保佑他沒有送命，又在血泊中爬了回來，再一次的送院急救。他的每一滴血都滴在我的心上，我欲哭無淚，只要他沒死，我就很感謝上蒼了。總算他又平安度過這場大劫。我和他父親，總希望他從大劫中省悟過來，可是他沒有，他的理由是「家」太寂寞，他愛交朋友。我們想盡方法接納他的朋友，可是他不接納我們，這就是學理上所謂的「代溝」強調的結果。

今天我也讀了羊牧先生的文章，他說：「衣食無憂的孩子不一定快樂，他們需要的是被接納、被了解、被愛、被尊重。」他說的不錯。可是我，至少像我這樣一個還算知識分子的母親，一個全心全意疼愛兒子的母親，眞是百般地想接納他、尊重他。因爲我讀過不少專家的理論，無論中外，一致強調「時代不同，父母要重視子女的獨立人格，尊重他們，做他們的朋友。」羊牧先生說：「天下不再沒有不是的父母。」我要痛心地吶喊：「天下已沒有不是的子女。」眞正是「萬方有罪，罪在父母。」啊！

今天的社會，物質生活與價値觀念的改變，年輕的一代，已不再有什麼倫理道德觀念，要想他們「仰體親心」，簡直是痴人說夢。就像莫愁小姐那樣「只顧聊天，當然忘了打電話」，但做父母的在家像熱鍋上螞蟻，她可以無動於衷。我就是那樣一個受盡煎熬的母親。兒子深夜歸來，我只要問他一句，他就認爲是對他的譴責，父母是應當忍氣吞聲的。

羊牧先生由於受理各種不同的案件，他的頭腦是非常客觀的，他的分析當然有道理，他說：「願意相信莫愁的父母是愛她的。」我是絕對相信他們是愛她的，不但愛，而且非常的焦急與痛苦。我不是專家，我沒那許多理論，我只是以一個痛苦的母親過來人的心去推想，莫愁父母真會如此不近情理地責罵女兒嗎？我真想去看看他們，問個明白，若真如此，那真是不可原諒的父母。羊牧先生勸他們不要一天到晚和並不存在的假想敵作戰，我則要勸莫愁，也不要心中把父母親看成假想敵。

大衆傳播媒體的好處，是文字公諸於世，引起普遍的注意與討論，但總得有一個給對方辯白的機會，眞相才可大白。如果做子女的能言善道，文章刊出來，博得社會大衆的同情；可是父母親也許還蒙在鼓裡，在家裡空著急。這豈是解決父母子女間問題的方法呢？

以莫愁這樣一個聰明乖巧，人見人愛，又寫得一手好文章的孩子，要博得父母的歡心不見得不可能。有如此可愛女兒的父母，尤不當不愛她。這個結，總可以解得開。主要的是，雙方應處之以誠，而社會的反應尤當客觀公平，由「一面之詞」而獲得「兩面之詞」，才能公平。

就拿我的兒子來說，我現在把他當個嘉賓，當個朋友，他出門一年半載不來信，來信不是有困難就是要金錢接濟。我的心情是「說什麼他是我兒子」，總是我教子無方，不能怨社會風氣，也不能怪專家學者的理論一面倒。從壞處想：「兒女是債，無債不來。」從好處想，他能在困難時想到父母，就是一片「孝心」，我能不心甘情願地爲他解決困難嗎？至少他多次的大難不死，我也得要他懂得珍惜生命啊！儘管他從來沒有接受過我的勸告！你說，天下有不是的父母嗎？寫到此，我的心在絞痛。

在心的絞痛中，在淚水盈眶中，我想起了一個短短的故事：

三個少年因犯過失被禁在監獄中。他們都很懺悔，甲說：「出獄以後，眞想買一部最好的車子，載父母親到處玩兒。」乙說：「出獄之後，一定買美味的東西，請父母親吃，做好衣服給父母親穿，好好聽他們的訓誨。」丙沉默了好久，才嘆息一聲說：「我只願父母親有個好兒子。」

他是徹頭徹尾的悔悟了。能得如此，做父母的爲他擔驚受苦也是値得的了。

倒是又想起一個美國笑話：

一個兒子寫信給他老爸說：「No mon（money 的簡寫）No fun, Your son.」老爸給他回信：「Too bad so sad, Your dad.」

這位幽默的父親，能如此雲淡風輕地對付了問題，想來父子之間的感情，一定是可以暢通的吧。

想到此，我也可以破涕爲笑了。

——原載民國七十一年十一月十五日《中華日報·副刊》

苦澀慈母心

讀了一位朋友主編的青年勵志文集的序文，非常感動，也感觸良深，就寫信給朋友，談起做爲一個母親，究竟要如何和兒女接近，做他們的朋友呢？那位朋友的回信簡短而誠懇，卻沉痛地提到她自己四年前喪失愛子的大慟。她說：「做一個母親，只要能常看見兒女，就是最大幸福了。人各有命，不要再替孩子操心了，還是爲喜愛你文章的讀者，多寫點吧！」

我感謝她的勸告，卻不由得淚水盈眶。母親的心啊！多麼辛酸苦澀？

處在今日千變萬化的人世，能得骨肉團聚就是福，家人平安就是福，其他的眞當一無所求了。

其實我又未嘗不是這麼想呢？我盼望看到的是兒子容光煥發的神情，聽到的是他琅琅笑語之聲。可是由於種種原因，我們不但見面難，連通電話都難，我即使見了面也相對無言，即使在電話中，他的聲音是那麼的冷漠與陌生，爲什麼呢？究竟是爲什麼呢？

我不禁想起他幼年時扶床繞膝的憨態，睡在小床上大著舌頭唱「哥哥爸爸眞偉大……」的快樂小胖臉。我更珍惜的是他漸漸長大點以後，爲我用火柴棒搭的立體「快樂」二字，用蠟筆寫了大大的六個字：「媽媽，給你快樂。」

如今，火柴棒的膠水早已脫落，「快樂」兩字歪歪倒倒，我把它收在盒子裡永遠珍藏。每回打開，都發呆好半天，總希望有一天，他會說：「媽媽，讓我來爲你修補吧！」

我堅信，三十多年來，他一直都爲給媽媽快樂而努力吧！其實，我不要求他給我快樂，我希望的是他自己能快樂。

我對自己說，不要再操心了。要接受朋友勸的勸告：「做一個母親，只要能常常看見兒女，就是最大幸福了。」

——原載《世界日報・副刊》

糖與鹽

舊時代的農村，有這麼一個故事，有一個好手藝的兒媳，做了香噴噴的紅糖餡兒麥餅孝敬婆婆，自己也在對面坐下來，婆媳二人吃得津津有味。

吃著吃著，婆婆說：「麥餅又甜又香眞好吃，可惜紅糖太貴了。」

媳婦不以爲然地說：「婆婆，好吃就好，您別心疼紅糖，您這麼大年紀，應該多享點福呀。」

「說的也是呢，我這麼大把年紀了，是該享點福的。只是……」婆婆的眼睛盯著媳婦手裡啃了一半的麥餅看。

媳婦明白婆婆的意思，就說：「婆婆，您既然說紅糖太貴，我下回做鹹的吧！撒點鹽不就省太多了嗎？」

婆婆高興地說：「好吧，我們省點錢吃鹹麥餅。」

鹹麥餅裡如再加點油，加點蔥花，倒也挺香的，但媳婦並沒加功加料，因爲怕婆婆又嫌太貴了。

婆媳二人又對坐下來，吃著鹹麥餅，畢竟沒有紅糖餡兒的好吃，婆婆只好硬嚥下去，到底是自己吩咐的呀！可是看看媳婦，仍然吃得津津有味，心裡不由得很慚愧，也很感動兒媳婦能吃苦，很聽話。

傍晚時分，兒子從田裡下工回來了。跨進廚房，母親就遞給他一個麥餅說：「快吃吧，你一定餓了。」

兒媳婦說：「媽，你留著自己放在床邊吃吧，您不是夜裡會餓嗎？我給您做的是比較軟的。」

眞有孝心，婆婆心裡更感動了。

婆婆進屋休息以後，兒媳婦在碗櫥裡取出麥餅給丈夫吃，笑嘻嘻地說：「你嚐嚐看，到底是你娘留給你的好吃，還是我留給你的好吃？」

「鹹麥餅，好吃不到哪裡去。爲什麼不做紅糖餡的呢？」

「你嚐嚐再說嘛。」她悄聲地說。

做丈夫的咬了一口，吃驚地說：「喲，怎麼是甜的？」

「噓，輕一點。」

「是怎麼回事呀？」

「我上回做的紅糖麥餅，婆婆嫌貴了，叫我做鹹的。我聽她話，給她吃的，放的是鹽，給你和我自己吃的，放的是白糖。白糖跟鹽不是一個顏色嗎？你說，是紅糖貴還是白糖貴？是放鹽的好吃，還是放白糖的好吃？」

「是你做的，鹹的甜的都一樣好吃。」丈夫輕輕拍了下妻子的背說。

——原載民國七十六年十月二十八日《世界日報・副刊》

口試

在古老時代，做爸爸的要預知兒子是不是成材，常常是用即席賦詩或對對子來考驗的，這種口試眞是相當緊張，看得出眞才實學來呢。

有一個抽大菸的父親，躺在菸床上吞雲吐霧，過足了菸癮，看見十歲的兒子蹲在旁邊，不免擔心他將來也染上菸癮，敗掉了家當，想試試他究竟是塊什麼料，就對他說：「兒子，爸爸出個對子給你對，看你對不對得出來。」兒子高興地喊：「你快說吧！」爸爸唸道：「百丈潭中千尺水。」心想這句句子氣概大，兒子對的一定也很有氣概。兒子卻指著菸盤裡的一個小小菸盒唸道：「單錢盒裡十分菸。」那個盒子剛好裝一錢的鴉片菸膏，一錢不就是十分嗎？父親一聽，對得可眞工整，可是想想他講的東西不離鴉片菸工具，眞擔心他長大了也是個抽大菸的，因此心裡非常憂愁。坐在邊上的母親說：「你躺在床上抽大菸，他當然只會拿眼前的東西來對對子，你何不和他到花園走走，看看美麗的景色，他對的就不一樣了。」

他覺得她說的不錯，就帶兒子到花園中散步，走到荷花池邊，他唸道：「荷葉魚兒傘，兒子，你對對看。」兒子馬上唸道：「棉花蚤子衣。」

父親這下更洩氣了，破棉絮裡全是跳蚤，這不是討飯的命嗎？這時老祖父笑吟吟地走來了，他說：「你盡出些風花雪月的句子，口氣怎麼大得起來，讓我來出一句給他對。」於是他唸道：「銀槍一桿，殺退精兵十萬」孫子對道：「竹竿半截，打死餓狗千頭。」祖父一聽，也洩氣了，竹竿打餓狗，明明是個叫化子嘛。

正嘆息著，孩子的老師來了，看見他們那副失望的神情，很有把握地說：「讓我來出一句給他對，」於是他唸道：「金鑾殿上呼萬歲，萬歲萬歲萬萬歲。」「孫兒呀，你對對看。」聰明的孫兒接口得更快了，他唸道：「十字街頭喊老爺，老爺老爺老老爺。」這一回，祖父、父親和老師，統統都服了這個有肚才的未來叫化子。

這是個古老的笑話，是小時候老師講給我聽過的。他一則是教我學作對子，二則是讓我知道，上一代無論自己是幹什麼的，對子女的期望都是殷切的，這個孩子有這樣的聰明才智，對對子的口試，不過是一時靈感，哪裡就會決定他一生的前途呢？

不過由於這個笑話，我對作對子倒也發生了相當大的興趣。

——原載《中華兒童》

分享之樂

從簡宛的第一本散文小說合集《葉歸何處》，到最新出版的第十八本散文集《單純之樂》，可以看出她於從事僑教與社區文化工作之餘，更孜孜兀兀於文學耕耘的熱忱。

十餘年來，她對讀書與工作的投入愈熱切，對人情世事的體認愈深入，心靈也愈見溫厚包容，因而文章也越發於平實無華中透出無限誠懇。

在她的第二本集子《地上的雲》出版時，我曾以〈那一片上升的雲〉爲題，主動撰長文介紹。稱道她「文筆平易，內容言之有物，感情眞摯。」到今天，她一直以一貫的風格，把握著「平易」的原則，以滿腔親切的心情而寫。

《單純之樂》一書中的每一篇章，都沒有炫耀深奧的「人生哲理」，卻能使我們於讀後頷首微笑，怡然而樂。只因她是以一顆平常心，寫的平常話。她從日常生活的讀書、工作、夫妻相處、朋友交往中，體味出種種樂趣，然後誠誠懇懇地寫出來，與大家共享。使我們從她流暢自然而深入淺出的文筆中，感受到她的心靈之溫厚美好。

記得在許多年前，她曾在信中對我說：「寫作使我擁有更多的親情與友情，也感到更深的祖國情。我實在沒有什麼大志，但願能筆耕到底，一生能做好一件事，也就夠了。」她對寫作的執著精神，於此可見。

她的夫婿石家興在《單純之樂》的序中說：「她始終保持有一顆單純而執著的愛心，維持著一股清流，細細地流露在她的筆底……」這份不變的熱忱，也正充分顯示出這一對旅居國外多年的賢伉儷，重精神不重物質的高尚情操，尤令人感到彌足珍貴。

書中的主題篇〈單純之樂〉一文，是寫他們夫妻連奔帶跑到湖邊餵魚的樂趣。從這份相逐嬉戲的樂趣中，她恍惚又回到雙雙的初戀之日。因而體會出「生命像是一個圓」。她說：「開始時，兩個人共創生活，由小小的兩點，擴大、擴大，然後包容了許許多多的生活內容，增加了繽紛悅目的色彩，然後又像是回歸到開始的兩點，恢復到出發時的兩個人。」

比喻得多麼有意思！因爲孩子們已長大成人，各有事業，各有忙碌的前程，剩下的是夫妻恩愛相守——一個完完整整的，無始無終的「圓」。

這豈不是循環不息人生至理，確是那麼平易、那麼令人欣賞的福份。

簡宛心地溫厚善良，富於同情心。這在〈塵埃落盡〉一文中可以看出。她寫自己心愛的裙子被餐館侍者不愼灑了湯汁，都不忍看侍者的驚惶失措，乃坦然對他說：「不要緊，回去洗一下就好了。」這看來是一件小事，但當時要克制懊惱，而立刻想到對方的處境，是要有一份推己及人的同情心的。由於裙子上的油污，她更領悟到人與人之間，也往往留有油污塵埃而心存不快。要如何去除不快，有賴心靈上多多的歷練，歷練中的領悟，也正是寫作的泉源。

心中的不快愈少，心也愈單純，單純的心是最可貴的。美國林肯總統說：「人要有一副複雜的頭腦（complex mind），一顆單純的心（simple heart）。」多麼値得深思體認的名言。孔子的一部論語，一以貫之的只是一個「仁」字。「仁」就是單純的愛心。

記得幼年時，常聽母親說的一句話：「繡花是一枚針，待人是一顆心。」她也更明白淺顯地說：「做事要細心，待人要眞心。」「眞心」不也是單純的心嗎？

由於披覽簡宛的新書，不由得寫下瑣瑣碎碎的感想，以期與朋友們分享她的單純之樂。

——原載民國八十年七月十三日《中華日報・副刊》

珠玉繽紛

——讀吳玲瑤《女人的樂趣》

初讀玲瑤的小品散文，對這位年輕作家靈思之敏捷，筆調之清新活潑，甚爲欣賞。猜想她一定是位溫柔賢淑的少婦，絕不會是個咄咄逼人的新女性主義者，因而雖未見其人，就和她先有靈犀一點。

繼而由於通信、贈書，而兩度會面，越發覺得她聰慧而不矯情，細膩而不瑣碎。對朋友誠懇周全，熱心公益慈善事業。看她那戴著大眼鏡的娃娃臉，一對眼睛笑語盈盈，就充分流露出她的靈心智慧。

她以溫厚的心，體味人情；以銳敏的目光，觀察世態。然後以她獨具一格的風趣好言語，不慍不火地娓娓道來，任何身邊瑣事，經她點染，都成佳構。

她所寫的小故事，原都是生活中常有的，卻一一引人入勝。她講的道理，原該是平易的，卻都能逗你深思，使你於莞爾中有所會心。

例如：〈美國律師行大運〉、〈稅稅平安〉與〈保險不保險〉諸篇，以巧妙輕鬆的筆觸，帶領你深入了解在美國生活必須具備的知識，謔而不虐地發揮了高度的幽默感，也見得作者學驗之豐。

〈感冒面面觀〉描繪了人人都有的求醫苦惱，讀來格外的「感同身受」，若眞感冒了也會展顏而笑。

〈買哪國貨〉用的是輕描淡寫之筆，而最後她感慨地說「人在台灣，卻不知身在何處。」卻見得她的語重心長。

〈威脅孩子〉寫童年時母親用威脅使她就範的趣事，可是在結尾她寫道：「原來社會治安不好，對小孩子造成的威脅，比我們家祖傳的威脅恐怖得多了。」正顯示出她對自己國家社會無限的關懷。

〈男人懷孕〉，該是異想天開吧！但她有意烘托的是做妻子的辛勞。

〈嚕嘛媽媽〉與〈照顧孩子的本領〉道盡天下父母心。這類「婆婆媽媽經」，在她筆下不但不顯得瑣碎平凡，卻意想不到地逗得人拊掌大笑。

〈送太太禮物〉、〈不對先生說〉與〈先生不說話〉諸篇，以反諷之筆，暗示夫妻相處之道，寓莊於諧，得含蓄之美。

〈誰來吃剩菜〉是每個主婦與媽媽都有的苦經，但讀了此文以後，你將會心甘情願地把愈積愈多的剩菜統統吃光。

她寫打電話時，如對方不在，就「等嗶再講話」吧！但眞聽到朋友答話時，她反而不知該說什麼了。寫科技文明的催眠，十分傳神。

〈夢裡天才〉，凡醉心寫作的人，讀此文定是同樣的甘苦在心頭。

玲瑤的一枝健筆，揮灑自如，長短隨心。她嘻笑而不怒罵，輕鬆而不俏薄，於自然流暢中見眞性情，這是特別值得稱許的一點。

她的夫婿陳漢平先生，一位電機電腦雙重博士，下筆之神速，有勝電腦。他於忙碌的工作之餘，還寫好幾個專欄。如此一對神仙伴侶，他們的文筆，焉得不龍蛇絡繹、珠玉繽紛？漢平在玲瑤新書《女人的幽默》後記中欣慰地說：「五湖四海，我何幸運。千山萬水，有妳同行。」正是他倆幸福生活的寫照。

現代的家庭主婦，沒有一個不忙得團團轉，太忙就不免心浮氣躁。若能抽空讀讀玲瑤的文章，看看她是怎樣處理生活、面對人生的，你一定會煩憂頓消而變得笑口常開起來，因爲她所寫的，正是你的心聲，無怪她被譽爲「現代主婦的代言人」。

玲瑤寫作勤奮，成績斐然，近年已出版五本文集，備受好評。緊接著暢銷的《女人的幽默》之後，玲瑤又將出版新文集《女人的樂趣》，邀我寫幾句卷頭語。我雖勞人草草，卻何能辜負她的美意？就約略記述一點讀她文章的感想，題爲〈珠玉繽紛〉，以表示我對她似錦的寫作前程由衷的祝賀。

——原載民國七十九年十月十九日《世界日報．副刊》

何妨出手遲
——讀劉安諾的《笑語人生》

未認識安諾以前，常在各報副刊上讀到她的文章，對她洋溢的才情與高雅幽默的筆調，至爲欣賞。直到她的第一本散文集《一杯半咖啡》出版時，在中副上拜讀了吳宏一教授介紹她的文章，心裡想，她是喻麗清的好友，我也是喻麗清的好友，她出書，我也感到一份分享的快樂。就把剪報寄給麗清，並告訴她我對安諾的作品的喜愛。不幾天，就收到麗清寄來安諾的新書《一杯半咖啡》及安諾的信，那份溫暖透著清香的欣喜，無言可喻。

旅居海外，如果不是藉著一枝筆，使文友之間常在報上見，則獨學無偶，確實是非常寂寞的。能由「報上見」進而交換作品、而通信、而電話交談、而見面，這樣的文字因緣，尤其值得珍惜。

與安諾第一次見面是在去年夏天，由陳若曦在她家召集的海外華人女作家聯誼會上，由於我們神交已久，而且已交換過照片，所以見面時並沒有像吳宏一教授所說的「愕然」之感，反而由於她正當盛年的「童顏鶴髮」，給人的感覺是飄若仙子的清新。交談之下，她神情之自然親切，誠於中而形於外的謙沖，立刻使我覺得與她眞是「才相識便是舊相知」。這份快感，則又非僅僅「報上見」所可比擬的了。

讀安諾文章，就知道她於中西文學、藝術、音樂各方修養之深厚。難得的是她從不賣弄學識才情，亦不故作驚人之筆。她寫夫妻日常生活、寫親子之情、寫旅遊之樂，於字裡行間處處流露出自然的、溫厚的幽默，沒有絲毫尖酸油滑意味。卻使你於莞爾中有所領悟，給你心靈上的享受，不止是文辭之美而已。

她下筆嚴謹，字斟句酌。想來是與她攻讀法律與新聞有關。她幽默中的達觀溫厚，則由於她溫柔敦厚的性情。喻麗清在給她寫《一杯半咖啡》的序中說：「她的愁淡淡的，幽默才是濃濃的。」單是這一點，就彌足珍貴。

在《笑語人生》書中，同樣地可以感覺得出來。例如〈檸檬之家〉寫家人的多病，〈一卷不拔〉寫贈書心情，〈不會燒水的大廚〉寫自己洗手作羹湯的「笨拙」，〈親愛的教授〉、〈誤人子弟的幽默〉寫任教的滋味，篇篇無不妙趣橫生。她的秘訣是：以濃濃的幽默，化解了淡淡的哀愁。所獲得的是眞正的快樂，並以此快樂與別人分享。

書中各篇的命題，亦見得她的匠心獨運。比如〈天天爲何天藍〉、〈白兔奔月〉、〈童子可欺乎？〉、〈厚皮先生〉、〈哀樂中年學太極〉諸篇，看到題目，就引你迫不及待地要讀文章，見得她處處散發著吉光片羽的智慧。

在〈幽默與悲哀〉一文中，她引了馬克吐溫的話：「人類的一切都是可悲的。幽默的秘密泉源不是快樂而是悲哀。天堂裡是沒有幽默的。」我反覆體味這段名言，不由得深深感謝安諾挑起幽默作家的重任，以《笑語人生》一書，化哀愁爲幽默，轉煩惱爲菩提。把讀者從愁苦的人間，帶向快樂的天堂。正如喻麗清在一篇文章中所引紀德的話：「每個人的幽默感，促成普遍的快樂。普遍的幽默感，促成每個人的快樂。」想見安諾於伏案寫作時的心情，正是如此。

尤其値得一提的是她那位尖端科學專家的夫婿劉西北先生。其幽默機智，給他的另一半平添牡丹綠葉的妙趣。有一次，我們在紐約餐聚時，我談起大學的中文系教授，往往在席間要我們對一道菜隨口唸出一句有關的詩或詞。此時，侍者正端上一盤烤鴨，西北先生立刻唸道：「春江水暖鴨先知」。全座爲之鼓掌嘆佩。想安諾在如此的唱隨之樂中，寫作靈泉焉得不涓涓而至呢？

《笑語人生》是安諾繼《一杯半咖啡》之後的第二本散文集。她每每自謙開始以中文寫作爲時較晚。我卻要引先師的兩句詠梅詞奉贈她：「猶有最高枝，何妨出手遲。」遲遲出手，更增一分圓熟之美，遲，又何妨？

以安諾的天賦之厚，與學養之豐，她於爲美國各報刊寫專欄專訪的行有餘力中，再以中文寫散文、小品，則其斐然成章，獨具一格自不待言。

讀友人文章，常使我感到；「以友輔仁」之樂，尤勝於「以文會友」，此我之所以樂於爲安諾推荐這本新文集。其中的妙趣與含義，讀者當於細讀時玩味而自得之。

——民國七十九年九月十六日寫於紐澤西

佛心與詩心

我大學念的是中文系，畢業時正是抗戰中期，爲環境所逼，進了完全不合我旨趣的法院當一名記錄書記官。自感學非所用，每天對著滿桌滿櫥的卷宗，不免心煩意亂。對陌生的法律條文，繁複的訴訟程序，又不得不從頭學起。所幸我所配置的一位秦推事，非常親切慈祥，沒有一般法官那副道貌岸然，神聖不可侵犯的感覺。在「飯碗第一」的情況下，我也就捺著性子追隨他學習，他都和藹地一一予以指示。

有一次，我粗心大意地把卷宗整理得次序顚倒，他鄭重其事地命我調整過來以後，才和顏悅色地對我說：

「你也許覺得瑣碎的記錄工作，與枯燥的法律條文，與你所喜愛的文學格格不入吧！其實法律不外世事人情，文學所描繪的也是世事人情。我知道你們寫小說要客觀，設身處地的體認主人翁的種種行爲心態，寫來才絲絲入扣、合情合理。我們當法官的處理盤根錯節的案件，也要絕對客觀。無論民刑事案件，問案時不可動肝火，也不可盲目的予以同情。因爲人心之不同，各如其面，有的忠厚、有的詭詐，種種動機，都須平心靜氣加以追究與分析。寫下判詞，關係當事人的生命、財產與名譽，不可不慎。但在這樣抽絲剝繭的研究分析中，自然產生樂趣，這就是你們從事文學寫作的人所謂的對人性的關懷。可見任何興趣，都是從鍥而不捨的工作中培養出來的。」

他的一席話，聽得我非常感動，但我仍悵悵地說：「可惜我改行學法律已太晚了。我曾耐心地讀完民法、刑法總則，只是對訴訟程序不感興趣。我也曾動念考司法官，卻因學文科的必須經過檢定考試而作罷，才落得一事無成。」

他馬上正色說：「你千萬不要氣餒，更不必考慮改行問題。就你在文學方面的領會，與你現在的工作正可以相輔相成。因爲日光之下無奇事，你們面對的人生問題，正是我們法官面對的人生問題。從種種糾結的分析中，可以產生不少小說題材。」

他又笑了一下說：「不瞞你說，我當初原是學文學的，自知文學細胞不夠乃轉學法律。直到如今，我的案頭床邊，仍離不開世界文學名著。我覺得用文學的胸懷，法律的頭腦，菩薩的心腸，才能以一顆寬大溫厚的心，寫下正確的判詞。」

他又引了歐陽修〈瀧崗阡表〉中的兩句話：「求其生而不可得，則死者與我皆無恨也。」證明一位仁者，在判處罪犯死刑時萬不得已的苦心。他說他平生秉持的原則是：痛恨罪惡本身，卻憐憫觸犯刑章的人。審愼下筆，才不致枉判無辜，也不致輕縱罪法。法律上稱未定讞的爲被告而不稱受刑人或犯人，也就是民主時代對人性的尊重。

最後他又語重心長地對我說：「你不要抱怨學非所用；你應該慶幸自己用非所學。你才能在文學天地之外，拓展更廣闊的視野，培養更豐厚的同情心，寫出感人的篇章來。所以你在法院服務，對你並非浪費。」

這位長者的肺腑之言，使我感動得幾至淚下。從此我就心安理得地在司法界服務達二十餘年而無怨無悔。在寫作上，我也曾就個人在工作上的體認，以法官或受刑人的心理狀態爲題材，寫過好多篇小說，自認是在寫「兒女情長」之外，另一方面的創作成績。

說到寫作興趣的培養，飲水思源，尤不能不感念師恩。如不是在大學時夏承燾老師對我爲人爲學的啓示，可能也不會在後來服務法院時，全心接受秦推事的誨諭。

夏老師諄諄然以身教，對學子們從不曾有過嚴詞厲色的指責。記得有一次期中考試，有一位同學遲到了將近半小時，他氣急敗壞地衝進教室，結結巴巴對老師說明公車拋錨，道路阻塞以致遲到。老師囑他安心坐下說：「時間有限了，你就答一、二兩道題交卷罷。」事後同學們不免有點疑慮，老師說：「他平時從不遲到，考試時遲到必是意外事故。我囑他只答較難的一二兩題，並不是由他三題中任選二題。我認爲仍是公平的。」同學們也覺得老師的變通辦法是公平的，當然也不再說什麼了。

又有一次，我隨老師一同搭公車，售票員態度至爲惡劣。我下車後十分生氣。老師笑嘻嘻地說：「你想想售票員整天在搖來晃去的車上，在擠得水洩不通的乘客中擠來擠去賣票、找錢，還要開車門（那時的公車都是上車買票的，車門也非自動開關亦非司機控制），你如果是他，你能不煩躁嗎？而我們乘客在車上時間短暫，一下車就各奔前程，海闊天空，哪有他整天工作的勞累呢？你若能設身處地爲他想一下，自然心平氣和了。要知一顆溫厚的同情心，就是佛心，佛心也就是寫作泉源的詩心。」

老師的話有如炎夏的一劑清涼散，馬上使我心情開朗了。從那以後，我搭車再擠也不生氣，而且以和顏悅色面對售票員，儘量把零錢準備好，以免他找錢的麻煩。有好幾回，在下車時他都會說：「小心下車，慢慢走啊！」可見外界現象，正像一面鏡子，反射出來的，正是你自己的心境和臉容呢！

境由心造，於此可見。因此想起童年時在鄉間的一件小事，鄉間多烏鴉，時常在大清早從屋頂飛過，呀呀呀的連叫數聲。長工們一聽見，就會仰頭對天空呸呸呸的連呸三聲，表示拒絕不祥之聲。母親卻總笑嘻嘻地說：「不要呸牠，烏鴉的心，勝過喜鵲的嘴啊！」我問她爲什麼呢？她說：「烏鴉心直口快，提醒你要謹慎小心，就不會有不吉利的事輪到你了。不像喜鵲只會甜言蜜語，說得好聽卻不見得都是眞心話，可惜世間有多少人喜歡聽烏鴉的叫聲呢？」

外公敲敲旱菸筒接著說：「吉利或不吉利，都由自己一顆心造成。心地光明磊落的人，凡事都從好處想，想到別人對自己的好，想到天公對自己的照顧，滿心的感激，滿心的快樂，自然事事都會吉祥順利。烏鴉叫，喜鵲叫，一樣都是好聽的。」

母親高興地摟我到懷裡說：「我現在才知道，烏鴉和喜鵲，都在唱牠們自己快樂的歌兒呢！」

如今追憶幕幕往事，慈愛的外公和母親的琅琅笑語，使我幼小心靈有一份祥和的啓示。大學恩師的佛心詩心和法院秦推事的寶貴箴言，都是指引我一生立身行事的盞盞明燈啊！

——原載《中華日報・副刊》

「新女性」

我自幼受的是「三從四德」的舊教育。每讀《女誡》裡有關婦容、婦德的訓詞，教人「笑莫露齒，立莫搖裙。」對那位作者曹大家，雖然欽羨她是位偉大的才女，卻對她的教訓有點反感。

在城裡念女子師範的四姑回鄉下來，我問她有沒有讀過《女誡》，她頭搖得波浪鼓似地說：「我才不讀那種落伍的、壓抑女性的書呢。如今是文明時代，我們要做新女性呀！」

我聽得一楞一楞的，「新女性」三個字第一次進入我的腦筋。看四姑早已剪去長髮，小腳也放大了，穿的黑色半高跟皮鞋，走起路來咯咯咯好神氣。可是她看書總是躺在床上，坐沒坐相、吃沒吃相，哪能跟她端方、勤勞、說話柔聲細氣的嫂嫂比呢？我悄悄地問母親：「媽媽，四姑說她自己是新女性哩，您覺得呢？」母親有點不解地問：「什麼叫新女性呀？」我說：「新女性就是腦筋很新的意思。一切都要跟男孩子平等。」母親笑嘻嘻地說：「她講究的就是自由自在吧！所以她就躺著看書，歪著身子吃飯了。不過一個姑娘家總得有姑娘家的味道，將來出了嫁也有做媳婦該有的本分。男孩子一樣要盡本分呀，這才叫平等嘛。」我覺得母親講得滿有道理的。

後來我也進了女子中學，那時「男女平等」、「男女平權」的口號已高唱入雲。訓導主任對我們說：「男女是應當平等的，但女孩子第一要培植自己的學識才能，訓練獨立的思考力，要自愛、自重。將來無論是做家庭主婦或職業婦女，都能和男生一樣貢獻心力，這才是眞正的男女平等，才能爭取女權。」

我把老師的話轉述給母親聽，她聽到「女權」二字，高興地把拳頭一伸說：「我也有女『拳』呀！我一天忙到晚，一雙手使力多，拳頭越來越粗壯。若不是我一雙手照顧家務、做菜做飯，你們能吃得這麼舒服嗎？一年下來能積蓄這麼多錢嗎？」

聽得我很感動，就寫信告訴遠在北京的父親。父親來信說：「汝母之言是也。汝尤當努力進德修業，期將來出人頭地，爲女性爭光。」父親每回都是「汝母、汝母」的，連寫信都擺起面孔，對母親沒有一句溫柔的關懷問候，我覺得他們倆才是男女不平等呢。幸虧母親很得意自己的雙拳壯健，把家務一肩挑，母親豈不就是獨立的新女性呢？父親要我出人頭地，爲女性爭光。在我心目中，堅強勤奮又慈愛寬大的母親，已經爲女性爭光了。想到這一點，我倒是感到心中很安慰。

我大學念的是中文系，恩師常啓迪我說：「女性在文學上當充分發揮溫柔敦厚的美德。柔能克剛，尤可增進人間祥和氣象。何況造物賦予人類的心性德行，原是無分男女，一樣完整的，只看你是否能把握這份天賦，予以發揚光大了。」

恩師的誨諭，時時在心。生爲女性，從不敢妄自菲薄。相信文學無分男女；無分新舊。但願把握眞善美的原則，率性而寫，寫出言之有物的作品。記得多年前讀過印度奈都夫人的詩，她以全部心魂寫祖國的風土人情，感人肺腑，連甘地都因讀她的詩篇而引發政治靈感，領導印度和平革命獲得獨立。像奈都夫人的詩篇，眞可稱得是新女性文學的典範。更值得欽敬的是她謙和禮讓，她一邊握筆，一邊照樣的相夫教子，治理家務。

今日社會型態變遷快速，文學創作的內容與風格，日新月異。但新與舊原是一脈相承的。有如一棵樹，由根莖吸收大地的營養，由枝葉接受雨露陽光。才能欣欣向榮，日新又新。可見得沒有傳統，何來現代？

生在今日開放的社會，一個從事文學寫作的女性，尤當於舊傳統的女性美德中，體會出高尚的人生境界。作品必須言之有物，不寫無病呻吟的風花雪月，不寫譁衆取寵的色情暴力。把握著眞善美的原則，寫出眞正的新女性文學。

近年來，國內女性文學創作上，繁花似錦，各具風格。可是弱水三千，我只取一瓢飲。我仍以個人的文學尺度，在閱讀上有嚴格的取捨。我不免對好友們自嘲地說，我，是個新時代的舊女性。我的作品，當然夠不上被稱爲「新女性文學」了。

友情與愛情

——一件慘案的追憶

民國三十年左右，我在杭州讀書。那時民風比現在淳厚多多，社會上很少有兇殺暴力事件。但忽然間出了件陶劉兇殺慘案，震驚了全城。

慘案發生的原因，是由於陶思菫與劉夢蓉二人原是情同手足的好友，相約終身不嫁。但劉夢蓉竟交了個男朋友，他是當時頗有知名度的小說家許欽文。陶思菫得知後，不免妒火中燒，深恨劉夢蓉不守信約，竟用菜刀將她砍死。

慘案一發生，杭州全市居民，街頭巷尾，無不以此為話題，紛紛議論，大小各報天沒亮就被搶購一空。我也天沒亮就起床，站在門口等報紙送來，趕著上學前先讀為快，而且可以帶到學校去傳觀，滿足一份把握快速大新聞的優越感。

到了學校，全班同學嘰嘰喳喳講的都是陶劉案。有的罵陶思菫狠毒，有的罵許欽文感情不專，有的惋惜劉夢蓉死得悲慘，七嘴八舌，連第一節最認眞的英文課都沒心思聽了。美國老師慕先生要我們背書，都結結巴巴背不出來。老師倒不生氣，用美國腔的杭州話對我們說：「我知道你們爲什麼心不丁（定），是因爲有一個滔（陶）小姐傻（殺）了她的朋友溜（劉）小姐。」全班都大笑起來。有一位頑皮的同學馬上說：「老師，不是傻了！是殺了，Kill掉啦！」她把Kill這個英文字叫得半天響，而且重複了好幾遍，慕老師連連搖頭說：「不要講了，這件事實在太北掺（悲慘），我們還是爲她們禱告，求上帝赦免她們的罪吧！」

慕老師心懷慈悲，動不動要爲人間萬事禱告。這件慘事，她當然更要祈禱了。但我們哪有心思爲不相干的人禱告？我們要追究的是陶思菫殺好友的動機，許欽文愛的究竟是誰？她一定是對陶劉兩個人都表示多情，才會發生這種慘事。至於什麼「同性戀」，那更是不可思議的事。想到劉夢蓉沒頭沒腦地被砍十幾刀，眼前不禁出現一片血光，心神也不由得恍惚起來。

那天的英文課，記得是莎翁的一首故事詩。寫兩個男孩和一個女孩三人是青梅竹馬的好友，兩個男孩默默地愛著那女孩，長大以後，一個男孩外出經商，回來時滿心想見他所愛的女孩，卻從遠遠窗口看見她已與好友成婚，夫妻恩愛異常，他就悄悄地離去了。

慕老師以抑揚頓挫的音調，朗誦這首長詩，眼中含著盈盈淚水，我們都深深感動了。覺得愛應當是犧牲、奉獻，而不是自私、占有。比起陶思董把好友劉夢蓉十幾刀活生生砍死，眞不可同日而語。

回家後把這件事講給母親聽，母親認不得多少字，但對陶劉案件已耳熟能詳，她生氣地說：「這個陶思董眞該殺千刀、下地獄。你英文書上這個外國故事眞好。怎麼洋人也會這樣捨生？」母親要講的是「犧牲」二字，講不清楚，卻變成「捨生」，而「捨生」二字，倒也講得通。

那一週的作文題，老師出的就是〈對陶劉案的感想〉。這可有得好發揮了，每個人都振筆疾書，洋洋灑灑寫上幾大張。本子發下來時，老師在黑板上寫了一句：「陶劉慘案風靡一時」，笑嘻嘻地問我們這句句子如何，我們想「風靡一時」好像不大對，但也可以呀，不是大家都在談這件事嗎？老師正色說：「形容事件不能說風靡一時，要說轟動一時。時裝、髮式等才可以說風靡一時，你們這些女孩子都得格外小心喲！」聽得我們哄堂大笑。

有一天，我放學回家，一進門，廚子老劉輕聲對我說：「小姐，今天二太太請了個特別客人來打牌，你一定想看看她。」

「特別客人，誰呀？」我奇怪地問。

老劉把亮晃晃的菜刀一比說：「殺人兇手陶思董的姊姊。」

「二媽怎麼會認識兇手的姊姊？」我渾身都打起哆嗦來。

「她就是薛太太呀，薛伯伯不是你爸爸的朋友嗎？你不是見過薛伯母一次的嗎？」

「啊呀，太巧了，可是薛伯母看去慈眉善目，怎麼會有個殺人的妹妹呢？」

「那就很難講啦，一娘生九子，子子不同。看薛太太一團和氣，沒想到她妹妹會把好朋友活活砍死。」

「別說了，老劉。我很怕看見薛伯母，她妹妹出了這種事，她心裡一定很難過。」

「難過歸難過，牌還是要打的。」老劉邊說邊磨刀霍霍，正準備殺雞，我連忙躲開了。

打牌的房間，是不許我們孩子進去的，晚餐也是牌客先吃。我看見薛伯母，扒了幾口飯就放下筷子，捧著挺得高高的肚子，唉聲嘆氣地說：「這些日子，我有點胎氣動了，都是因為我妹妹出了這種事，心裡好難過，打牌的手氣也不好了。」

趁著二媽不在時，我上前問道：「薛伯母，她現在怎麼了？」

她看看我，烏煙瘴氣地說：「關在牢裡呀，法官一定以為她犯了大錯，其實是冤枉的。」

「冤枉的？」我一聽就有氣，明明殺死人，怎麼是冤枉的，又忍不住問道：「劉夢蓉一點沒有想到，從浴室裡出來就被她砍十幾刀，你不覺得慘嗎？」

「我是說她那幾天身體不好，夢蓉為許欽文的事跟她吵，她心理不正常呀！」

原來她是手足情深，為妹妹辯解。若在今天，一定會有心理醫師為她出庭辯護，以求減輕她的罪刑了。

我心裡很不開心，只好說：「我們全班同學都在談論這件事。美國老師還帶領我們為你妹妹和死者祈禱呢！」

「真的呀！可是我們是信佛的。我妹妹自從這件事以後，關在牢裡，天天念經拜佛，觀世音菩薩會保佑她，為她贖罪的。」

「媽媽說，這是前世的孽，也許只有向佛懺悔了。」

她兩眼淚汪汪，我只好走開了，但我心裡在擔憂，她挺著個大肚子，將來生下孩子，陶氏姊妹，會不會有殘殺的因子，遺傳給下一代呢？

過不了幾天，我們班上舉行春季遠足，同學們向老師要求參觀第一監獄，看陶思菫這個新聞人物。那時案子尚未定讞，陶思菫還關在看守所裡，我們一群學生，只能排著長龍，遠遠從她牢房窗口經過。她正在敲著木魚念經，眼觀鼻，鼻觀心，一臉的虔誠。我們怎麼也無法想像，她那隻敲木魚的手，會是拿菜刀砍殺好友的手？

女看守所主任告訴我們：「陶小姐性情很好，態度和善。每天念經拜佛，看書寫字，還常常教女囚犯認字或代寫家書。難友們都很敬重她，她反倒成了全看守所裡一股安定人心的力量。」

我聽了眞是難以想像，內心感想很複雜。是不是人在經過巨變以後，性情會完全轉變，或是大徹大悟。是否眞如佛家說的，罪孽深重之人，一經懺悔，就可立地成佛呢？

無論如何，陶思菫那副虔誠肅穆的神情，絕對不是做作出來的。女看守所主任對她的稱讚，必然是千眞萬確的。這情景，在我心中留下極深刻的印象。當時的感覺，究竟是好奇，是憐憫，是同情，還是痛惜呢？

回來後告訴母親我們看到陶思菫了。母親淡然一笑說：「你們新式的學堂生，對什麼人都像看變戲法似的新鮮。其實像陶思菫這種事，在我們鄉下也有的是，只不過沒有登在報紙上就是了。人都有一顆血肉的心，有多少關愛，就有多少氣惱。要不是佛菩薩時時提醒，氣起來眞會犯大錯的。」母親又長長地嘆了口氣說：「我這個人就不一樣。都說泥菩薩還有股子土氣，我卻磨得連土氣都沒有了。」

她眼睛定定地看著我，又慢慢轉向牆上懸掛的父親少年時代的英俊照片。我才恍然領悟，母親的一顆血肉之心，包含了多少的關愛，多少的悵恨啊！是否由她的虔誠奉佛，蒲團經卷和木魚清磬之音給她的啓示，使她默默度著半生被冷落的歲月而無怨無尤呢？

陶劉案件，已過了半個多世紀，成爲人間陳跡。而人間愛與恨的悲喜劇，卻仍無休無止地演下去。可嘆的是世風如江河日下的今日，將如何阻止變本加厲的慘案不時發生呢？

——原載民國七十九年十月十六日《聯合報．副刊》

看廟戲

我家鄉舊時代的農村生活，非常勤儉簡樸。只有在過新年時才有幾天休閒。大家吃完晚飯後，就在廚房裡圍坐在大灶邊取暖。我家那時有兩位長工，一位小幫工阿喜，都聽老長工阿榮伯的指揮。我是阿榮伯的愛寵，阿喜又是我的好朋友，於是我吃著阿喜為我烤的熱烘烘香噴噴的甜山薯，靠在阿榮伯懷裡聽他講關公、岳飛的忠義故事，實在是快樂無比。

將近農曆新年時，鎮上照例要在廟裡演兩天戲，感謝神佛一年的照顧。可惜臘月從城裡請來的總是最窮最破的班子，因為家家都在忙過年，沒有大人看戲，只有小孩子在台下啃甘蔗、吃橘子，追來追去。大概連神佛都沒興趣看那穿舊兮兮戲裝的破班子。神佛要看的不是臘月的關門戲，而是正月初六七熱熱鬧鬧，行頭簇新的開門戲吧！

但是無論多破的班子，阿榮伯都要帶我去看戲。有一個晚上天好冷，他仍要帶我去，我抱怨說：「不要去嘛，在家裡烤火吃甜山薯，聽你講三國演義多好玩？破班子的戲，多難看呀！」阿榮伯卻生氣地說：「怎麼可以這樣講？越是破班子，越該去給他們捧捧場。多給他們叫幾聲好，不然他們辛辛苦苦演了沒人看，多冷清呀！」

阿喜連聲說對，對，就陪著一同去。到了廟裡，正殿天井裡只有零零落落幾個人，連小孩子也不看戲，只三三兩兩坐在地上鬥紙牌。我們三個人站在離戲台很近的地方，不管台上走出了一個什麼樣的人物來，阿榮伯都使勁拍手叫好。阿喜也跟著喊「好啊！好啊！」我卻一點也看不懂他們在演什麼。只看他們稀稀落落幾個人穿著破爛戲裝在台上走來走去，唱的聲音有氣無力。阿喜說當中那個穿舊龍袍的是皇帝，手裡牽著穿黃袍的孩子是太子，太子前額正中有一點深紅點子，臉圓圓的很好玩。但是看他在打哆嗦，一定是太冷了。他被皇帝爸爸牽來牽去，皇帝咿咿呀呀地唱了一陣，兩個人就都下去了。我看得只想打瞌睡，卻見那個太子已換了件破棉襖，從台下的木柵破洞鑽出來，走到走廊裡一個餛飩擔子邊上，呆呆地看，只嚥口水。阿榮伯說他眞是餓了，就走過去摸出三個銅板給餛飩擔子，買了碗餛飩遞給他，他猶疑了一下，就接過去唏哩呼嚕的吃了。我看他額頭上的深紅點子還沒擦掉，走過去輕聲對他說：「你是當太子的。」他生氣地說：「我不是太子，我一會兒當太子，一會兒當叫化子，我什麼也不是。」我嚇得不敢作聲了。卻伸手在口袋裡摸了下母親給我買鞭炮的一個銀角子，很想拿出來給他卻又不敢，悄悄問阿喜可不可以給他，阿喜說：「他是戲囝兒（家鄉話演戲的人叫戲囝兒），不是討飯的，你不可以給他錢。」我只好悵悵地走向阿榮伯身邊。直等他把三齣戲看完，才帶著我們回家。

一路上，我的手一直在口袋裡摸著那個銀角子，心想那個太子如果有一個銀角子，就可以吃好多碗餛飩了。而我卻拿銀角子買鞭炮，一下子就放光了。爲什麼當戲囝兒的孩子會那麼苦，口袋裡連三個銅板都沒有呢？這樣想來想去，心裡就很不快樂。阿喜問我爲什麼發呆，我說我在想那個太子吃餛飩的樣子，阿喜噗哧一聲笑了。我問他笑什麼？他說：「我知道你一定在擔心，明天沒有人給他銅板買餛飩吃吧！愁不了那麼多的，世上窮苦的人太多了，各人頭頂一爿天。小戲囝兒還算好，有吃有穿，有師父照顧，還能有一個個地方雲遊。」我問他：「你是不是也想當戲囝兒去雲遊呢？」他想了想說：「若是當初三畫阿公不收留我，我娘帶我當一陣討飯的以後，一定會把我賣給戲班子裡，我不就當了小戲囝兒嗎？三晝阿公想想自己年紀大了，才和阿榮伯商量，把我送到你們家當小幫工，你們大戶人家積福積德，你媽媽待我這麼好，我眞是好運氣啊。」我聽了心裡有說不出的感動，覺得我也很運氣，有阿喜作伴，阿喜就像是我親哥哥一般，因爲哥哥一直在北平不回來啊！

我們一路談著回家，心頭感到很溫暖。聽阿喜說的「各人頭頂一爿天」，我也就用不著替那小戲囝兒擔憂了。

——原載民國八十年二月二十四日《中華兒童》

故鄉的農曆新年

天寒歲暮，在異國風雪漫天的夜晚，既無圍爐之樂，復少話舊之趣。扭開電視機，唱的都是些不入耳的洋腔洋調。眞是老來情味減，只落得屈指數流年了。倒是想起在台北時，每年大除夕，各電視台都有精心製作的特別節目，影歌星濟濟一堂，團圓拜拜，恭喜新年，與嗶嗶拍拍的鞭炮聲，烘托出一片喜氣洋洋。

我最最懷念的，還是兒時在故鄉過新年的歡樂情景。

那時我才七、八歲，家庭教師總要在臘月廿三夜祭送灶神、新年序幕開始以後，才放我的年假。從臘月廿四到正月初五，五天年滿就要照常上課了。所以這十天是我一年裡的黃金時刻。天天在母親或老長工阿榮伯後跟來跟去，學說吉利話。數數目數到「四」，一定要說「兩雙」，吃橘子時一定大聲地唱「大吉大利，買田買地。」（故鄉話「橘」、「吉」同音），跨門檻一不小心跌一跤，趕緊爬起來連聲地唸「元寶元寶滾進來」，阿榮伯聽得呵呵笑。母親高興起來，會遞給我一塊香噴噴熱烘烘的甜年糕，我就邊吃邊說：「年糕年糕，年年高。」

那時父親遠在北平，但每年冬天都會託人帶一件新棉襖給我過新年。臘月廿四那天，我總是對著大鏡子把新棉襖穿上，照前照後一番再脫下來，嘴裡喃喃唸著：「媽媽說的，現在不穿，大年初一才穿。」母親在一旁笑嘻嘻地說：「初一著新衣，一年都順利。」她又說：「明年你阿爸回來，一定會帶一件閃花緞旗袍給你。」

於是我就眼巴巴盼望著漂亮的閃花緞旗袍。儘管盼望落空，父親並沒回來，但母親每年仍高高興興地忙蒸糕、忙釀酒。吩咐長工做給乞丐的「富貴年糕」，紅糖要加足，不要摻糖色（是一種像紅糖的假顏色）。阿榮伯也說：「一年一回嘛，要他們大大小小吃得高高興興的。」他特地雕了一方小模型給我做糕用。我學大人們把蒸熟加了紅糖的米糰，一個個鑲在模型裡壓平，等涼了倒出來就是整齊有花紋的年糕。我把自己做的小年糕和大人們做的大年糕一一排在木板上，阿榮伯用毛筆蘸了洋紅水，在每塊上點上一點，就是「富貴糕」了。我搶著點洋紅的工作，點一塊、唸一聲「大吉大利」。母親說：「大乞丐給大年糕，小乞丐給小年糕。」阿榮伯又用米糰做了大大小小的元寶。正月裡，乞丐們常常是祖孫三代像一條長龍似地游來了，阿榮伯就把大元寶捧給白髮老人，小元寶給他們的孫兒孫女。看他們一個個臉上浮現歡樂的笑容，老人們連聲唸：「天保佑你們大富大貴，明裡去了暗裡來。」我眼看他們牽著一大串孩子走了，常常問阿榮伯：「明年他們長大點了，還當不當乞丐呢？他們爲什麼不上學呢？」阿榮伯說：「他們讀什麼書？長大了能學會一點手藝，有個正當工作做就算好了。」母親卻嘆口氣說：「只怕他們從小跟著大人討飯學懶了，不肯學手藝，這就叫窮人的命，富貴的病啊！」小幫工阿喜說：「不會的啦！我小時候也當過討飯的哩，是三畫阿王公公把我送給你們家，太太和阿榮伯收留了我，我不是很勤奮嗎？」阿榮伯用旱菸筒輕輕敲一下他的頭說：「像你這樣的好命有幾個？」我悄悄地跟阿喜說：「我們勸大乞丐不要帶他們的孩子來討飯，送他們去小學讀書，並不要錢的呀。」阿喜搖搖頭說：「辦不到，你不知道，過年時來的小孩並不都是他們自己的兒女，只爲想多點討年糕，要了別人的孩子來輪流冒充兒女的。」我聽得心裡茫茫然，問阿榮伯爲什麼他們願意跟別人討飯，阿榮伯卻又只顧抽旱菸不作聲了。

阿榮伯和阿喜一老一小，是我最要好的朋友，越是過年我越黏著他們。跟阿榮伯在穀倉裡擺上元寶，跟阿喜在大年夜點「風水燭」。母親把山薯切成大小均勻的方塊，插上竹籤，點燃了小蠟燭。我幫阿喜提籃子在大院落各處擺上，全幢大第都顯得亮晃晃一片光明。母親和阿榮伯都唸唸有詞地說：「風水燭，年年豐足，年年豐足。」……

就在這樣歡樂的祝賀聲中，農曆新年開始了。

——原載民國八十年二月十二日《聯合報・副刊》

點滴話前塵

我在弘道女子初中畢業時，正逢教育廳舉行第一次全省會考，我們全班名列甲等。校長一高興，就允許我們免試直升本校高中。我們雖一個個自視不凡，但也知道格外自愛，加倍努力。母親尤其欣慰，說我是升了級的高等學堂生，更可體體面面回家鄉祠堂裡向祖先領一對大饅頭了。父親督促我雖比以前更嚴，但我已長大，也就不像小時候那麼畏懼他了。有一天，我重溫中國近代史關於軍閥割據部分，就壯起膽子問父親：「爸爸，您說軍閥內戰是錯誤的，傷國家元氣，您當時爲什麼也要幫著他們打內戰，爲什麼不歸屬孫中山先生呢？」

父親嘆息道：「我已厭倦了戎馬生涯，還是回家讀書念佛的好。」我抬頭望壁間父親的兩張照片，一張是頭戴白纓軍帽，手握指揮刀，威風凜凜的軍裝照；一張是一襲白綢長衫，捏著念佛珠的便裝照。我不禁想起父親最喜歡的古詩句，就搖頭晃腦地念起來：「老驥伏櫪，志在千里。烈士暮年，壯心不已。」父親卻感傷地說：「你不記得嗎？我那匹忠心耿耿的馬，都因爲我不再騎牠絕食而死了。」聽父親哽咽的嗓音，我幾乎掉下淚來。也體會到他還是「忠臣不事二主」的觀念啊！

上大學的「學堂生」

父親的溫而厲，母親的慈愛，使我知道在學業與品德方面，備加奮勉。高中畢業時，又以優異成績順利通過全國會考。我當時原是夢想去北平進燕京大學，可是父親只允許我進杭州之江大學，因爲中文系有一位夏承燾先生是他最賞識的青年教授。我也因之江對弘道的成績優良學生有優待，只須考中、英文與智力測驗三科，而且可以每週回家，讓母親多看看我這個升了大學的「學堂生」，就滿心歡喜地進了之江。

在那個世界第四位好風景區的大學中求學，可說一個個都是天之驕子。我們所敬佩的夏承燾老師（號瞿祥，我們都稱他瞿師），帶領我們中文系同學散步山間溪畔，大家都不由得齊聲吟誦他的得意之作：「短策暫辭奔競場，同來此地乞清涼。若能杯水如名淡，應信村茶比酒香。」我們都似乎體味到「村茶比酒香」的悠然之樂。瞿師勉勵我們說：「人要自認爲笨拙，才會上進，才肯讀書。你看『笨』這個字，從竹從本，竹是書，本是根本，要多讀書培植根本。」

在恩師的耳提面命之下，誰能不加倍奮勉呢？

誰知好景不常，在明山秀水中求學才一年，就是七七蘆溝橋事變，中日戰爭爆發。杭州不久即風聲鶴唳，我們舉家回故鄉避亂。父親憂時傷事，只一年竟以舊疾復發而逝世。我於傷痛之餘，仍希望能完成做「學堂生」的舊夢。求得母親同意，冒著海輪被日機轟炸的危險，千辛萬苦到上海繼續學業。

那時四所基督教大學滬江、之江、東吳、聖約翰聯合假上海鬧區的南京路慈淑大樓上課。各校個別由中國人任校長，另由英國人明思德博士——上海工部局局長兼總校長。才得在租界裡、在洋人的庇護下，弦歌不絕。做爲一個中國人，心情之沉重，可以想見。

我們的女生宿舍位於英租界邊緣的北四川路底，與日軍佔領區只一橋之隔，中間有一層鐵絲網。我們倚在宿舍窗口，可以看見耀武揚威的日本兵，揹著步槍在巡邏。常有肩挑小販經過關口到租界做點小買賣，必須放下擔子，受日兵嚴格檢查。老百姓住在日軍佔領區的，進出關口，都要被搜身。看自己同胞那一副卑躬屈膝的神態，實在令人萬分痛心。

在英美人庇護下求學

那時汪精衛依附日本，在南京成立僞政權。瞿祥師曾有詞譏諷他「玉環飛燕皆塵土」，「辛苦迴風舞」，靦顏事敵，終不能保住身家性命。想起他年輕時刺攝政王被捕，吟「引刀成一快，不負少年頭」的從容慷慨，怎料他會晚節不終，辜負了「老年頭」呢？寬厚的瞿師嘆息道：「死生亦大矣，不要過分責備他吧！」我們又都懷念淪於敵手的杭州，想到之江大學舊址，想到孤山梅鶴，大家吟起瞿師的名句：「湖山信美，莫告訴梅花，人間何世。」都不禁泫然欲泣。最令大家感動的是他爲浙江抗日後援會作的慷慨歌詞：「人無老幼，地無南北。越山蒼茫兮錢江嗚咽。我念我浙江兮，是復仇雪恥之日。」我們雖不得不在英美人的庇護下求學，而人人敵愾同仇，無一日忘卻國難家愁。

大學畢業後，因海洋交通完全斷絕，只得暫留本校任中文系助教。我幸運的是，明思德校長的夫人，正是我中學英文老師的胞姊，她非常慈愛，命我學會英文打字，協助她處理函件，給我多一個學習機會，生活也暫可安定。

不及一年，珍珠港事變，太平洋戰爭爆發，英美法聯軍撤離租界，日軍佔領上海。明思德校長夫婦都被捕關進集中營。記得那一天事件突發，我大清早尚懵然不知，去學校上班時，只見到處日軍用步槍攔截路人，一個個老百姓都要被喝止搜身，進退不得。那滿腔國破家亡之痛，與被屈辱的羞恥，眞是刻骨銘心，沒齒難忘。

日軍佔領英、法租界後，人心惶惶，對手中所握的貨幣也失去信心。購物、搭車，輔幣不足，每個商店都自己印代價券。手中一大把各商店的代價券，商店彼此之間還拒絕接受，有的連自己發出來的代價券都不承認，說太破舊了，看不清楚怕有假冒。搭車無零錢，甚至用郵票代替，不法之徒竟拿用過的舊郵票冒充。總之，市面一片紊亂，蒙受損失的是申訴無門的市民。

更有一件苦惱事，是宿舍女舍監冷酷如巫婆，大統間燈光不足，夜間臭蟲橫行，還不許開燈捉臭蟲，也不許用熱水燙床單、蓆子殺臭蟲。一個個都被咬得「面如重棗」，嘴歪鼻腫。飯堂的飯菜難以下嚥，有人自買腐乳醬瓜，放在飯堂碗櫥中，由女舍監加鎖，不幾天就被她偷吃光了，大家敢怒不敢言，因爲得罪了她，床位就可能被藉故取消，所以只好忍氣吞聲。

在如此惡劣環境中，我自是歸心似箭。忽從家鄉輾轉傳來信息，說母親病危，盼我速歸，我乃不顧一切，與幾個同鄉結伴，合資以幾十元袁大頭僱一個領路人，帶我們取道旱路回鄉。以今日自上海至溫州飛機僅一小時左右路程，我們那時卻走了十多天。時值隆冬，我們登山涉水，霜風如割，腳手凍瘡都腐爛了，仍得忍痛不停往前走。走過新四軍關卡要檢查，對他們打躬作揖地說盡好話：「都是自己同胞，行行方便吧。」然後塞點錢或實物給他們，也就放行了。怕的是土八路，趁火打劫，那就危險了。夜間投宿鄉野小客棧，和衣臥在柴堆裡，渾身被跳蚤咬得遍體鱗傷，白天奇癢難當，邊走邊抓癢，一個個都像患了痲瘋症。如此千辛萬苦自寧波、蕭山，經金華、蘭溪……回到永嘉。一進家門，才知母親早已於半月前逝世。她病重時千萬個叮囑，命堂叔不要寫信告訴我，生怕我冒險回家，待我回到家，已是人天永隔了。我哭倒靈前，不孝之罪，百身莫贖。罔極之恩，此生無以爲報了。

老師喜用鄉音授課

雙親已逝，家中冷清清的，我不願久留，就到縣城一所中學教書。那時教育廳規定老師授課必須講國語。但初中部學生都希望以家鄉話授課，何況許多老師的

「藍青官話」很難懂，因此大家都用鄉音講課。遇到督學來視察，臨時馬上改用國語（那時稱為「正音」），所以每位老師都得有雙聲帶發音。我因在外地求學多年，所謂的「正音」要稍稍「正」一點，因此頗受同學歡迎。

那時是抗戰中期，每天總有一兩次日機空襲警報。警報一來，老師立刻帶學生離開教室，疏散到曠野山間或簡陋的防空洞裡。所以每位女老師上課時都隨身帶一個防空袋，裝金錢細軟等，以防宿舍被炸。幸得都是有驚無險，安然回校。所以學生們流行一句話：「警報不可無，飛機不可有。」生死關頭，也變得麻木不仁了。

這一段教書生涯，由於師生感情融洽，精神上十分愉快，也忘卻重重憂患。尤其是瞿祥恩師與師母都回到故鄉，他也暫時在同一所縣中執教，我乃得就近時時請益。他再三勉勵我說：「任何生活皆可以過，惟求不失卻自我。」囑我「於教學中自求進步，專心讀書，勤作筆記。」東坡說的，「讀書不作筆記，有如雨下大海，了無痕跡。」我也知深體斯言。

一年後瞿師應浙江大學張其昀校長邀請，去龍泉主持浙大中文系，曾數次函促我去擔任大一國文。我卻因病未能成行。不久永嘉縣城亦陷於敵手，我乃轉入法院工作。僻處窮鄉山城，幾乎與世隔絕，幸居近第一聯高，就在該校圖書館借來許多中外小說閱讀，倒也過了一段安靜時日。

何處去領大饅頭

抗戰勝利回到杭州，修理舊宅，整理散亂圖書。百廢待舉，物是人非。幸得於西子湖頭，重謁恩師。他關心地問我：「讀了什麼書？寫了文章沒有？」我只覺得內心茫茫然，無言以對。但總以爲可在以後的安定生活中潛心學業。不意，大陸變色，又匆匆到了台灣，師生再度音書阻絕。我才想起在山城逃難中所寫的第一篇文章，都未及向恩師呈閱。於悵恨之餘，乃開始提筆寫作。持續至今，此志未敢稍懈。總希望有一天能將自己的成績，呈獻於恩師之前。痛心的是，恩師與師母都於數年前先後逝世，安葬在杭州的風景區千島湖。恩師最愛杭州，在天之靈，他可以安慰了。

歲月匆匆，我已垂垂老矣。回首前塵，恍如一夢。客歲雖曾回大陸一行。卻以匆促行程由不得自己安排，竟然未及去千島湖拜謁恩師墓園，連夢寐中的故鄉都未能回去，更莫說祭掃先人廬墓了。眞個是「垂老莫還鄉，還鄉須斷腸。」想起慈母當年擁我在懷中說的話：「你已考取中學，做了學堂生。可以有資格回家鄉祠堂領一對大饅頭了。」豈知家鄉依舊渺遠，教從何處去領那一對大饅頭呢？

——原載《中副》

星辰寥落念高陽

高陽逝世忽忽已逾一月，我仔細拜讀了各報刊多篇追念他的文章，感到非常悼惜。尤其是他惟一愛女許議今在父親昏迷中所寫的〈女兒的呼喚〉一文，令人酸鼻。這位歷史小說巨擘，在筆下可以驅遣古今人物，卻無法逃過疾病的魔掌。

我與高陽非屬深交，但當年在臺灣曾是時常見面的文友。記得在五十年代時，明華書局老闆劉守宜先生出資創辦一分高水準的《文學雜誌》，由夏濟安教授任主編。爲了提高朋友們寫文章的興趣，劉先生幾乎每個月都在他府上召飲暢聚一次。劉太太做得一手好菜，一時冠蓋雲集，美酒佳肴雜陳。飽餐之後，有的作方城之戲，有的捧著茶或酒縱談古今。當時與會的有司馬桑敦、林適存、夏道平、夏濟安、黃中、周棄子、高陽、郭衣洞、郭嗣汾、彭歌、聶華苓夫婦、林海音夫婦，我們也忝陪末座。棄子先生題這個文章詩酒之會爲「春台小集」。如今有五位都已先後作古，焉得無星辰寥落之嘆？

高陽並非口若懸河之人，酒後的杭州官話尤其含糊不清，我與他算是半個同鄉，我們用鄉音交談還比較親切。

周棄子對高陽特別欣賞

周棄子先生不善飲，亦不抽菸，但對菸不離口，杯不離手的高陽，特別欣賞。高陽有詩詞新作，必與周先生共討論，彼此莫逆於心。二人的惺惺相惜，一半由於他們同樣有中國傳統文人不修邊幅大而化之，對金錢無數字觀念的習慣吧！

李翰祥在臺灣成立國聯電影公司，擁有國聯五鳳，籌拍歷史巨片，由高陽任總編劇。當時他的辦公室可能和外子在館前路服務的機關較近。有一天，他穿了一身最時髦的大花夏威夷衫，搖搖擺擺到外子辦公室來，摸出一張李翰祥開給他的支票，託外子暫時調一下頭寸。票面額很高，可見他收入之豐。可是他拿回去不到一兩天就呼朋喚友地分享光了。

高陽走後，辦公室同事問他是何人，外子告訴他們是高陽，大家同聲驚嘆：「可惜！可惜，沒有仔細看看這位歷史小說大家的廬山真面目。」可見他文章的魅力。

他的〈荊軻傳〉在聯副連載時，我因偏愛《史記》〈荊軻列傳〉，看得格外入迷，很佩服他荊軻英雄肝膽、兒女情長的心理刻畫，與人物故事的巧妙穿插，曾寫了一封信給他表示心意，那封信曾由當時的聯副主編平鑫濤先生摘要刊出，使高陽與我多了一份知己之感。嗣後他的歷史小說愈寫愈多，也愈精采，周棄子先生每來舍間，談起高陽小說必大大地贊賞一番。他說高陽寫文章時，桌上一排酒瓶，一手夾香菸，一手揮筆如風。他喝的都是洋酒，認爲中國烈酒後勁太大，喝後會醉倒，洋酒易揮發，有助靈感。沒想到洋酒還是把他淹死了。

有一次我在海音家遇到他，臨走時，他願開車順路送我。海音對我使個眼色說：「那裡是順路嘛！」我看他一臉茶、菸、酒混合的醉醺醺神態，明白海音的暗示，謝謝他好意，自己搭公車回家了。他開車倒並沒出過事，健康卻耗損在長期醉酒上。

高陽不僅是寫歷史小說的巨擘，由於他的家學淵源，對古典詩詞的欣賞評析亦獨具慧眼。例如他解釋李義山錦瑟詩與納蘭詞，都能發前人所未發。在學術討論上，如與現代派學人有不同看法時，他必當仁不讓，暢述己見。他在〈莫碎了七寶樓台〉論夢窗詞一文中，與一位詞學專家有不同意見，曾幽默地寫道：「用一把歐美名牌鑰匙，怎開得起中國描金箱子的銅鎖？」可見他論學態度的執著。

高陽自謂無論「作」或「話」詩都受周棄子影響

《高陽說詩》專集於七十一年由聯經出版，可說是他在中國古典文學上另一方面的貢獻。兩年後他以此書榮獲國家文藝獎。他在增訂本序中寫道：「我在詩上的一點淺薄工夫，無論是『作』還是『話』都頗得周棄子先生的教益，遺憾的是棄子先生不及見我因說詩而獲獎。」可見他二人交情的深厚。周先生逝世，高陽自有痛失知音之恨。如今高陽已到了另一個世界，與老友重逢，定可煮酒論文，暢敘平生了吧。

該書於七十九年第四版印行時，我去信託臺北友人代購一冊，本想請他轉高陽簽名後再寄來，以留紀念。轉念一想，高陽神龍見首不見尾，加上醉酒糊塗，收到書未見得馬上簽，日久一定忘記，可能連書都不知擱在何處了。不如等我回臺時，親自帶去請他當面簽名吧。沒想到此願竟不可償，人生的緣會乃如此不可預期！

書寄到後，我先讀〈錦瑟詳解〉、〈金縷曲始末〉與〈納蘭成德的詞及論詞〉

諸篇，越發佩服他考證之綦詳與見解之獨到。其中有段寫道：「納蘭資質之美、品格之醇、情感之深，在中國文學史上只有如李白、蘇軾等極少數的幾個大文學家可與比擬。他沒有晉人獨善其身的傾向，更無恃才傲物的狂態，中國士大夫階層中各種可愛性格，都可在他身上發現。」評論得非常懇切又恰當。我亦最愛納蘭的純眞與才情，可惜以後回臺時，不能與高陽以杭州鄉音，朗吟納蘭詞了。

高陽的歷史小說，凡是中國人都無有不喜愛的，而他的詩詞知者不多，《高陽說詩》一書，十年來能印到第四次，已屬不易了。

我與高陽極少通信，今年四月，由台北旺文出版社轉來他給我的一封信，是爲該社與大陸合作印行，由他任總編纂的《中國歷代名人勝跡大辭典》，囑我題詞推荐。我雖硯田久廢，但不忍拂老友雅命，就勉爲其難地題了幾句寄去。他信中還示我以近作〈買陂塘〉長調一闋，是奉和九十高齡的老詞人周夢莊先生題蔣鹿譚小象的。最後三句是「待月破雲來，自勞兼祝，公邁張先壽。」他引用張子野「雲破月來」名句，是因周老先生高齡超過張子野一歲。但他爲了末句第三字必須仄聲，第四字應平聲，無通融餘地。而「張先」「都官」（子野的官職）都是兩個平聲，「三影」是一平一仄，「子野」是兩仄聲，無論如何，均不協律，他問我能否解救，我亦苦思不得，總覺南宋詞格律太嚴。他也將此詞寄龔鵬程教授，未知龔教授已為他解困否？

不死仍留日暮醉，惜上天並未眞憐酒徒

他的信最後寫道：「大病幾瀕於死，而卒不死，天縱酒徒也。」今年元月一日正逢立春，他有詩自嘲云：「不死仍留日暮醉，餘生筆兆歲朝春。」可惜他連〈酒徒〉一文，都未及完稿，看來上天並未眞憐酒徒也。

他的《蘇州格格》在聯副連載時，我逐日拜讀，非常欣賞。據說此文是他病中勉強完成的，而續集《風雨江山》竟不及動筆，終因心臟極度衰竭而不治。以他的才情與對文史的素養，如能為健康戒酒，活到八、九十，持續地寫下去，豈非中國歷史文學之幸，讀者之福呢？

細讀聯副上刊登他的遺作〈中國歷代名人勝跡大辭典序〉，益加見得他發揚中國歷史文化那份鍥而不捨的熱忱。他雖然著作等身，卻是虛懷若谷。在〈我寫歷史小說的心路歷程〉一文中，自謂「平生以妄取虛名為戒，以倖致盛名為懼。」足見得他雖有太重的文人習氣，卻仍保有十足的書生本色。

他的歷史小說之所以能如此生動，是因他寫作時的全心投入。他在〈心路歷程〉文中有一段非常寶貴的話，特抄錄於後：

「在小說創作過程中，一種必須多寫、多想才能出現的境界，那就是把自己創造的人物寫活了。書中人有他或她自己的生命、思想、感情與語言。根本就不受作者驅遣。那是小說作者的極樂世界。」

這一分深切的心靈感受，實在值得有志寫小說的後學者多多體味。才能了解寫小說不是面壁虛構故事，平面安插人物，而是要賦予書中人的靈魂，使他們自己活起來，帶著你的筆走而欲罷不能，乃能產生出神入化感人肺腑之作。

高陽，這位落拓不羈，才華橫溢的中國典型舊文人，終因心肺衰竭而不治。聯副蘇偉貞小姐寫的〈探病記〉，記他最後半月病情，十分詳盡，讀後令人悲嘆惋惜。最後當高陽惟一愛女匍匐悲號在氣絕的父親身邊，蘇小姐寫道：「在此刻，一如病床邊的儀器指針，完全歸於靜止，讓我們在靜止中默哀，沒有生死，沒有遺憾。」

可是遠去了的高陽，他是否眞的已勘破生死，眞的沒有遺憾呢？

附錄

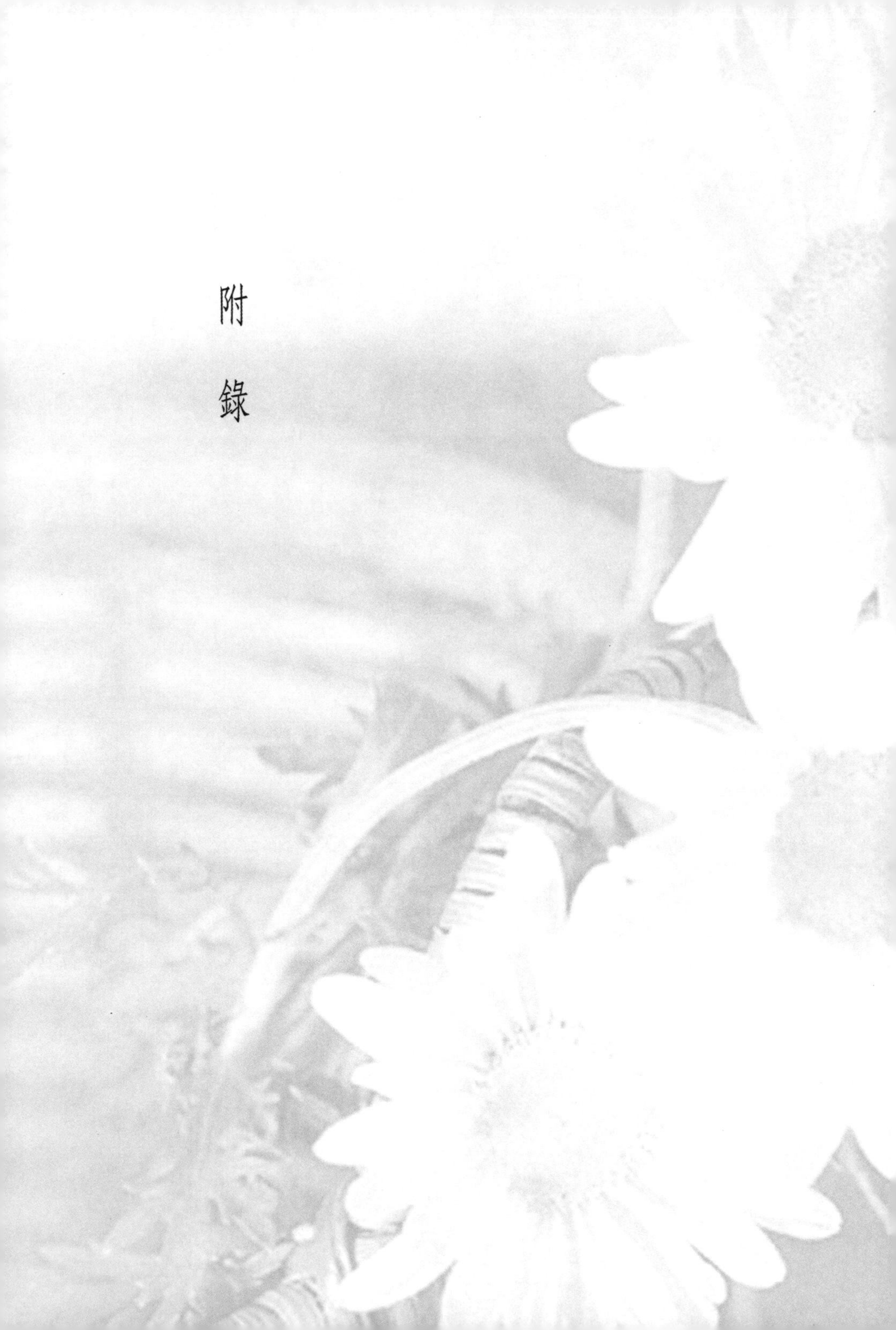

得失寸心知

——淺談寫作

都知道寫作要憑靈感，靈感究竟是什麼樣的東西呢？它像一隻頑皮的小貓嗎？你找牠時牠躲起來，不理牠時牠偏又悄悄地爬到你腳趾尖來，逗得你非抱起牠來不可。真的，靈感真的像一隻頑皮小貓呢。

我想起有一首描寫靈感的詩：「我去尋詩定是痴，詩來尋我卻難辭。今朝又被詩尋著，滿眼讀山獨往時。」這位詩人所謂的「詩」，就是靈感。他說勉強去找靈感是笨瓜，靈感來時不寫也不成。當你獨自徜徉於青山綠水之間時，靈感自然來了。因為青山綠水使你心情安詳寧靜，文思泉湧。

可惜繁忙的現代都市生活，青山綠水的好風光並非隨時隨地可得。所以我們必須在內心保持一片寧靜天地，使青山綠水時時在自己的方寸靈台之間；外界的紛紛擾擾，就不會使你煩心了。所以要寫作，第一要培養寧靜閒適心情。

不受外界干擾，並非不關懷世事人情。相反地，你對世態人情，要能客觀地觀察，將心比心地體認。甚至能與草木通情愫，與禽鳥共哀樂。閒適之外，更培養起一顆廣大的同情心。提筆為文時，種種深刻印象與諸般感受，便將如靈泉涓涓而至。大文豪海明威說：「寫作要從生活出發，從人性著眼。」確實至理名言，一個痲木不仁的人，對萬事萬物漠不關懷，連言語都無味，還談什麼寫作呢？

孔子說：「能近取比，可謂仁之方也已。」近取比就是將心比心。福樓拜爾寫完《包華利夫人》時說：「包華利夫人就是我。」可見他的全心投入。最近逝世的歷史小說家高陽先生，在他一篇寫〈歷史小說的心路歷程〉中說：「在創作過程中，必須多寫多想才能出現的境界，就是把自己創造的人物寫活了。書中人有他們自己的生命思想、感情與語言，根本不由作者驅遣。」這種心情正如福樓拜爾同樣的全心投入。

由此可見，凡有志於寫作者，必須抱持一顆虔誠的心，將此心投入作品之中，讀者就會將你的作品放入他們的心中，這才是彼此靈犀一點的相互交流。文學之感人在此。

古人說：「文章本天成，妙手偶得之。」天成即前文所說內心的諸般感受與體認，也即寫作的素材。但如何選擇素材，去蕪存菁，化為文章，卻有賴一隻「妙手」，海明威說：「寫作是七分人生，三分技巧。」「技巧」亦即「妙手」。

怎樣鍛鍊這隻妙手呢？我個人希望把握的原則是：

一、**傳真**：藉著一枝筆和萬千讀者朋友傾談，寫出的文章就是你的千里面目，一點也虛假不得。在文字上切不可矯揉造作，以辭害意。心中想什麼，筆下寫什麼，平平實實，寫來順手，讀來順口，就是胡適之先生所說的「我手寫我口」，把語言與文字的距離拉得愈近愈真切。在立意上不可標新立異，譁眾取寵。尤不可作不必要的色情暴力描繪，這是從事文藝創作者所必須具備的文學良知。我說這句話也許因為我是個報國的今之古人吧。

二、**精簡**：無論抒情、記事或說理的文章，第一要使人讀得有興趣，才能引起共鳴。所以下筆之際，要力求精簡明淨，使篇中無閒句，句中無閒字。紀德說：「一種描寫以十代一，並不能使文章更生動。」一個字夠的話，那九個字就是多餘。舉個例子來說：《左傳》裡有一段描寫晉楚交兵，晉軍敗退的狼狽情形，作者只用了「中軍下軍之士爭渡，舟中之指可掬也」兩句，寫晉軍愴惶爭上渡船，已上船的士卒生怕船超重沉沒，就用刀砍掉抓在船沿上自己人的手，船裡的手指都可一把把的撿了。十五個字寫盡了自相殘殺慘狀。又例如〈木蘭辭〉長詩中寫木蘭從軍前的考慮與準備、勝利歸來後的歡樂，用了很多筆墨。而於戰場交兵只用了「將軍百戰死，壯士十年歸」十個字，有如電影的快接鏡頭。因為此詩主題不是寫戰爭，而是寫木蘭的孝思。足見作者對素材取捨剪裁的匠心。

三、含蓄：含蓄與精簡相輔相成，愈精簡愈含蓄。中國古典詩詞最具含蓄之美，可多讀多品味而自得之。

例如杜甫的一首〈月夜〉詩，前四句「今夜鄜州月，閨中只獨看。遙情小兒女，未解憶長安。」他不寫自己在長安思念妻兒，卻遙想妻子對他的思念，寫兒女幼小不懂得思念父親。如此淺明的辭句，卻含有不盡迴環曲折的情意。又例如《牡丹亭》中有兩句：「石欄橋畔銀燈遇，照見芙蓉葉上霜。」以華麗的銀燈、嬌艷的芙蓉花，反襯一個白色的「霜」字，寫的是持燈女性的寂寞。這才是千錘百鍊的含蓄之筆。

四、清新：這是指風格。每一種情景對不同的作者自有他們不同的感受，寫的文章也當有不同的風格。我們偶然會發現某某二人的風格有點相似，但必然是同中有異。否則的話，其中一人必定只是摹仿，建立不起自己的風格。初學寫作，固可從摹仿入手，但必須要能創新。創新並非標新立異，而是細心思考揣摹，找出最恰當的辭句，表達自己的思與感，使讀者有「如見其人」的親切感。

福樓拜爾對莫伯桑說：「要創造自己的字，找出天地間惟一的字，形容惟一的東西。」這個找尋的過程是辛苦的，但也是最快樂的。

「文章千古事，得失寸心知。」寸心若能知道自己文章的得失，在寫作上，也可說是雖不中，不遠矣。

琦　君

民國八十一年七月十二日
於美國紐澤西

「媽媽銀行」存的是什麼款？

詹悟

我在台中商專兼課，有時候上課時間尚早，就去逛逛校門口的書店，瀏覽新書。在新書架上，我看見琦君的《媽媽銀行》，就買了一本。

我拿著書去櫃台付款，那位年輕的會計小姐，抬頭多望了我一眼。我心想，我只是一個普普通通的老頭子，既沒有馬英九的帥氣，也沒有澎恰恰的性格。於是我開玩笑的對她說：

「幹嘛？這樣看我！是不是我像一個偷書賊？」

她立即略帶歉意的說明：

「我很喜歡琦君的書，所以買琦君書的人，我都會看他一眼，看看是什麼樣的人買書。」

這真是一個「市場調查員」，琦君在美知悉，有這麼一位有心的讀者，也該感到欣慰。

《媽媽銀行》是琦君居美九年來出版的第十二本書，也是一本散文集。第一篇〈三十頭〉，是一篇好小說。

什麼叫做三十頭呢？浙江的姑娘家到二十七、八歲還沒許配人家的，就有人喊她三十頭。意思是說嫁不出去的老小姐。

沈小姐的哥哥沈秘書和劉秘書是同事，也是好朋友，跟沈小姐很談得來，大家都認為他們會配成雙對，沒想到劉秘書早訂了親，只好聽爹娘的話結婚了。但是二人心中，還是有一段情。劉秘書最喜歡哼蘇曼殊的詩：「送君一缽無情淚，恨不相逢未剃時。」嘆息人生長恨、江水長東。他自作一首詩：「我本天涯流浪客，無須詩酒遣愁懷。但能悟得禪經了，處處無家處處家。」

沈小姐癡戀劉郎，她也知道總有一天，他會走得遠遠的。劉秘書要去美國留學，她織了一件毛背心，託琦君的母親轉給他。劉秘書轉給沈小姐是一張短簡和一方小錦盒。短簡上沒有稱呼，也沒有署名，只寫著：「謝謝你手織的毛背心。我帶著你的溫暖，遠渡重洋而去，終生不忘你的情意。錦盒裡一方小閒章，是我自己刻的，你應該懂這四個字的意思吧。」

閒章是「秋水盈盈」，想是借古詩「盈盈一水間，脈脈不得語」，以表達他對沈小姐的無限悵恨之情！

這位癡女子就是為了「人間一點情」，脈脈無語，終身不嫁！

這是三十年代我國女子的塑像。另一篇〈友情與愛情〉，是寫民國三十年左右的社會大新聞。陶思堇和劉夢蓉二人情同手足，相約終身不嫁，後來劉夢蓉竟交了一個有名的小說家許欽人，陶思堇恨劉夢蓉不守信約，竟用菜刀將她砍死。在三十年代，女人殺女人的慘案，轟動社會。陶思堇關在牢裡，天天唸經拜佛。琦君去看她，她正在敲著木魚唸經，一臉虔誠。怎麼也無法想像，她那隻敲木魚的手，會是拿菜刀砍殺好友的手？

〈媽媽銀行〉是寫「母親的故事」。琦君問媽媽：「你的錢為什麼不存銀行呢？」母親敲了下琦君的腦袋瓜說：「我的錢都存在你的肚子裡了。」

琦君的散文，處處流露著溫馨風趣。他寫夫婦生活，在〈閒情〉裡因老伴退休，在家坐對一室花草，反覺無聲勝有聲。就不免打趣的問丈夫：「宋代詞人說：

『樹若有情時，不會得青青如此。』你這個沒嘴的葫蘆，比樹如何呢？」琦君的先生回答很妙：「樹無情，才能長青。人有情，乃得白頭偕老啊。」在〈「笨」的隨想〉裡，她說人老了，整天的丟三落四，尋尋覓覓，她擔心會得老人癡呆症，有一天連老伴都不認識了。琦君的另一半說：「到那時我也一樣不認得你了，我們重新相識，不是很有意思嗎？」

在〈尷尬年齡〉裡，琦君寫她兒子的兒語：

「爸爸，我們手牽手，腳並腳，一同散步，我們父子手足情深。」

「媽媽，你現在不要老，等我長大了，我們一起老。」

琦君的文章真實、風趣，一點也不虛假。她心中想什麼，筆下寫什麼，平平實實，寫來順手，讀來順心，正如胡適之先生所說的「我手寫我口」，因此，她是文壇的「長青樹」，永遠擁有廣大的讀者群。

——原載民國八十三年十一月十三日《中華日報・副刊》

琦君作品目錄一覽表

論述

詞人之舟　民七十年，純文學出版社；民八十五年，爾雅出版社

散文

溪邊瑣語　民五十一年，婦友月刊社
琦君小品　民五十五年，三民書局
紅紗燈　民五十八年，三民書局
煙愁　民五十八年，光啓出版社；民七十年，爾雅出版社

三更有夢書當枕	民六十四年，爾雅出版社
桂花雨	民六十五年，爾雅出版社
細雨燈花落	民六十六年，爾雅出版社
讀書與生活	民六十七年，東大圖書公司
千里懷人月在峰	民六十七年，爾雅出版社
與我同車	民六十八年，九歌出版社
留予他年說夢痕	民六十九年，洪範書店
母心似天空	民七十年，爾雅出版社
燈景舊情懷	民七十二年，洪範書店
水是故鄉甜	民七十三年，九歌出版社
此處有仙桃	民七十四年，九歌出版社
玻璃筆	民七十五年，九歌出版社
琦君讀書	民七十六年，九歌出版社
我愛動物	民七十七年，洪範書店
青燈有味似兒時	民七十七年，九歌出版（民九十三年十月，重排新版）
淚珠與珍珠	民七十八年，九歌出版社

母心・佛心　民七十九年，九歌出版社（民九十三年十二月，重排新版）

一襲青衫萬縷情　民八十年，爾雅出版社

媽媽銀行　民八十一年，九歌出版社（民九十四年五月，重排新版）

萬水千山師友情　民八十四年，九歌出版社

母親的書　民八十五年，洪範書店

永是有情人　民八十七年，九歌出版社

小說

菁姐（短篇）　民四十三年，今日婦女雜誌社；民七十年，爾雅出版社

百合羹（短篇）　民四十七年，開明書店

繕校室八小時（短篇）　民五十七年，臺灣商務印書館

七月的哀傷（短篇）　民六十年，驚聲文物供應公司

錢塘江畔（短篇）　民六十九年，爾雅出版社

橘子紅了（中篇）　民八十年，洪範書店

合集

琴心（散文、小說） 民四十二年，國風出版社；民六十九年，爾雅出版社
琦君自選集（詞、散文、小說） 民六十四年，黎明文化公司
文與情（散文、小說） 民七十九年，三民書局
琦君散文選（中英對照） 民八十九年，九歌出版社
母親的金手錶 民九十年，九歌出版社
夢中的餅乾屋 民九十一年，九歌出版社

兒童文學

賣牛記 民五十五年，三民書局
老鞋匠和狗 民五十八年，臺灣書店
琦君說童年 民七十年，純文學出版社
琦君寄小讀者 民七十四年，純文學出版社；民八十五年，健行文化出版公司
鞋子告狀（琦君寄小讀者改版） 民九十三年，九歌出版社

F728砲彈擊落一個夢（小說）	歐陽柏燕著	220元
F729以蟑螂爲師 ——夏元瑜幽默精選(二)（散文）	夏元瑜著	220元
F730告別火星（散文）	柯嘉智著	200元
F731請帶我走（小說）	張抗抗著	220元
F732與星共舞（詩）	謝　青著	190元
F733狂歡的女神（散文）	劉劍梅著	250元
F734從兩個蛋開始（小說）	楊爭光著	300元
F735與海豚交談的男孩（散文）	呂政達著	200元
F736浮生再記（散文）	沈君山著	350元
F737不負如來不負卿（散文）	周夢蝶著	240元
F738密室逐光（小說）	李偉涵著	280元
F739我的藝術家朋友們（散文）	謝里法著	240元
F740孤獨的眼睛（散文）	龔鵬程著	250元
F741苦惱與自由的平均律（新詩）	陳　黎著	200元
F742玉米（小說）	畢飛宇著	250元
F743看地圖神遊澳洲（散文）	夏祖麗著	210元
F744逃逸速度（散文）	黃國彬著	200元
F745公主老花眼（散文）	廖玉蕙著	220元
F746愛上圖書館（散文）	王　岫著	250元
F747靠近　羅摩衍那（新詩）	陳大爲著	200元
F748一頭栽進哈佛（散文）	張　鳳著	240元
F749一首詩的誘惑（詩賞析）	白　靈著	230元
F750第21頁（散文）	李家同著	220元
F751九十四年散文選（散文）	鍾怡雯編	320元
F752九十四年小說選（小說）	蔡素芬編	260元
F753聲納 ——台灣現代主義詩學流變（評論）	陳義芝著	260元
F754喇叭手（小說）	劉非烈著	230元

九歌最新叢書

F⑳705 像我這樣的老師（散文）	廖玉蕙著	250元
F706 台灣文學的回顧（評論）	葉石濤著	210元
F707 無國境世代（散文）	黃寶蓮著	210元
F708 紅樓夢女人新解（評論）	謝鵬雄著	200元
F709 貓咪情人・PUB（極短篇）	羅　英著	200元
F710 海哭的聲音（散文）	詹　澈著	220元
F711 小蘭嶼和小藍鯨（詩）	詹　澈著	180元
F712 咖啡館裡的流浪民族（散文）	楚　戈著	250元
F713 火鳥再生記（散文）	楚　戈著	230元
F714 老蓋仙的花花世界——夏元瑜幽默精選(一)（散文）	夏元瑜著	220元
F715 容器（小說）	木子美著	220元
F716 上海之死（小說）	虹　影著	280元
F717 台灣棒球小說大展（小說）	徐錦成編	220元
F718 九十三年散文選（散文）	陳芳明編	320元
F719 九十三年小說選（小說）	陳雨航編	250元
F720 娑婆詩人周夢蝶（詩評）	曾進豐編	350元
F721 麗人公寓（小說）	唐　穎著	250元
F722 那些微小又巨大的人（小說）	劉震雲著	240元
F723 權力與美麗——超越浪漫說女性（評論）	林芳玫著	250元
F724 桂冠與蛇杖——北醫詩人選（新詩）	陳克華、湯銘哲編	(平)220元 (精)300元
F725 煮字爲藥（散文）	徐國能著	200元
F726 面對尤利西斯（評論）	莊信正著	260元
F727 咖啡和香水（小說）	彭順台著	220元

琦君作品集 03

媽媽銀行

My Mom's Bank

著者　琦君

發行人　蔡文甫

出版發行　九歌出版社有限公司

臺北市105八德路3段12巷57弄40號

電話／02-25776564・傳真／02-25789205

郵政劃撥／0112295-1

九歌文學網　www.chiuko.com.tw

印刷　晨捷印製股份有限公司

法律顧問　龍躍天律師・蕭雄淋律師・董安丹律師

初版　1992（民國81）年9月10日

增訂2版　2005（民國94）年5月10日

增訂2版5印　2015（民國104）年7月

定價　**280元**

書號　0110003

ISBN　957-444-198-9

（缺頁、破損或裝訂錯誤，請寄回本公司更換）

國家圖書館出版品預行編目資料

媽媽銀行／琦君著. -- 重排增訂二版.
--臺北市：九歌， 民94
面； 公分. --（琦君作品集；3）

ISBN 957-444-198-9（平裝）

855 93024053